ファンタジーは知らないけれど、何やら規格外みたいです

Fantasy ha shiranai keredo,
naniyara kikakugai
mitaidesu

神から貰ったお詫びギフトは、無限に進化するチートスキルでした

2

渡琉兎
Ryuto Watari

Illustration
たく

主な登場人物
リリアーナ
商業ギルドのサブマスター。
仕事ができて
気配りも忘れない、
頼れるお姉さん。
フェリ
商業ギルドにおける、
トーヤの同僚。
明るい性格で、
お客からの評価も
高い。
トーヤ
本作の主人公。
穏やかな性格で、
どんな時でも礼儀正しい。
ファンタジー知識ゼロで
転生したが、
その身に宿すスキルは
規格外!?
アグリ
元気いっぱいな
フェリの弟。
トーヤにできた
初めての友達。

ヴァッシュ
足の速さが自慢の狼獣人。
「瞬光」では
斥候役を務める。
口は悪いが、
親切で優しい。
ジェンナ
商業ギルドの
ギルドマスター。
長命種のエルフであり、
心優しく知識も豊富。
ダイン
腕利き冒険者パーティ
「瞬光」のリーダー。
面倒見がよく、
剣の腕も抜群。
リタ
「瞬光」に
仮加入している魔導士。
回復魔法と強化魔法が
大得意。
ミリカ
誰に対してもフレンドリーな
「瞬光」のムードメーカー。
ヴァッシュとは
犬猿の仲……!?

◆◇◆◇第一章：トーヤ、オークションを見守る◇◆◇◆

日本で社畜《しゃちく》として過ごしていた男性――佐鳥冬夜《さとりとうや》は子供を助けるため、トラックに轢《ひ》かれて死んでしまった。

しかし、その死は女神《めがみ》のミスから起きた不幸な事故だったため、冬夜は女神が管理する異世界――スフィアイズへの転生を約束される。

その際、お詫《わ》びとして、女神から世界の全てを見極《みきわ》められる『叡智《えいち》の瞳《ひとみ》』というスキルを与えると言われた冬夜。

しかし彼はファンタジーに関する知識がほとんどなく、そのスキルの価値が分からなかった。

真面目な冬夜は「楽をして何かを成すことになんの意味があるのか」と言い、初級の鑑定系スキルである『鑑定眼《かんていがん》』が欲しいと主張した。

両者の主張はぶつかり、最終的には女神の我儘《わがまま》で、段階《だんかい》を踏《ふ》めば進化していく特殊な鑑定眼が冬夜には与えられることに。

そして彼は異世界であるスフィアイズへの転生を果《は》たした。

少年として転生した冬夜は、スフィアイズでの名前を『トーヤ』とし、山の中で出会った冒険者パーティ『瞬光《しゅんこう》』のダイン、ヴァッシュ、ミリカに助けられ、ラクセーナという都市へ辿《たど》り着く。

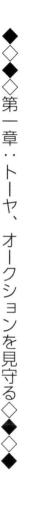

そこで鑑定士《かんていし》という職を手にしたトーヤは、頼れる先輩のフェリやリリアーナ、商業ギルドのギルドマスターであるジェンナに助けられながら、社畜らしく仕事をこなしていく。

また、祖父に似た印象のある、なんでも屋の主人ブロンや、フェリの弟であり、同年代でもあるアグリと出会い、どんどんスフィアイズでの生活を充実させていった。

そんな矢先《やさき》、トーヤは魔獣《まじゅう》の捜索依頼《そうさくいらい》で、ラクセーナに危害《きがい》を加えるかもしれない魔獣――フレイムドラゴンの幼竜《ようりゅう》と対峙《たいじ》することとなる。

フレイムドラゴンの幼竜は最初暴れていたが、鑑定眼が進化したスキル『古代眼《こだいがん》』を駆使《くし》したトーヤがフレイムドラゴンの幼竜の怪我を見抜き、その怪我をポーションで治したことで、なんとか危険は去った。

そうしてラクセーナに帰り、平和を取り戻したトーヤ。

彼の日常が、今日も始まろうとしていた。

◆◇◆◇

ラクセーナの冒険者ギルドでは現在、魔獣の素材《そざい》や魔導具のオークションが行われていた。

「――一〇万ゼンス！」

「――一五万ゼンスだ！」

「――こっちは三〇万ゼンスよ!!」

冒険者ギルド一階の大きな広間から、人々の声が響《ひび》く。

オークションは大きな盛り上がりを見せていた。

それは何故《なぜ》か——極《きわ》めて珍《めずら》しいフレイムドラゴンの鱗《うろこ》が出品されるとの噂《うわさ》が流れたからである。

そのためラクセーナの冒険者に加え、普段はあまり冒険者ギルドを訪れない商人たちや、ラクセーナの外からやって来た者までオークションに参加しているのだ。

まだフレイムドラゴンの鱗は出品されていないにもかかわらず、人が多く集まったことでオークションは過熱《かねつ》している。

その光景をトーヤと冒険者ギルドのギルドマスター、ギグリオは二階の渡り廊《ろう》下《か》から眺《なが》めていた。

「いやー、今日は人の入りがすごいな！」

「それはそうですが……私はここにいていいのですか？　ギグリオさん」

「坊主《ぼうず》には下の人混みはかなりキツイだろうから気にするな！　出番が来たらすぐに下に運んでやる！」

どうしてトーヤが冒険者ギルドにいるかというと、今回のオークションに際して、ギグリオから協力を頼まれていたからだ。

オークションに出品されている商品が本物か疑《うたが》われた場合、古代眼を持つトーヤがその場で鑑定する予定なのである。

また、落札《らくさつ》価格《かかく》が一〇〇万ゼンスを超えたものに関しては、オークションが全て終わったあとに古代眼以上のスキルを持つ鑑定士が証明書を書いて受け渡すという規則があり、トーヤはそのために呼ばれたのだ。

「疑《うたぐ》り深《ぶか》い奴らも、古代眼持ちが鑑定したなら納得するしかねぇだろうし、坊主が協力してくれて助かるぜ！」

「うーん、そう簡単にいきますかねぇ」

楽観的なギグリオの言葉を聞き、トーヤは人混みを眺めながら呟《つぶや》いた。

商業ギルドで仕事を始めてからというもの、トーヤは専門職《せんもんしょく》である自分がはっきりと鑑定結果を告《つ》げても納得しない人間に、少数ではあるが出会っていた。

また、普段から金銭《きんせん》の駆け引きをしている商人であれば口も回るだろう。そういう人たちに絡まれたらなかなかに厄介《やっかい》なのではないか。そんなことをトーヤは思っていた。

しかし、トーヤの心配を他所《よそ》に、順調にオークションは進んで行く。

商品が出品されると至《いた》るところから声が上がり、値段が段々とつり上がっていっては、落札者が決まる。

そんな流れが続いてしばらくしてから、ついに本日最後の商品が登場した。

今回のオークションのメインと言っても過言《かごん》ではないだろう。

その商品とは――フレイムドラゴンの成竜が落とした鱗だ。

先日のトーヤの活躍によって幼竜が助かった直後、幼竜の親である成竜が姿を見せた。

成竜は幼竜を助けてくれたお礼として、自らの鱗をいくつか落としていった。

その素材が今回出品されたというわけだ。

「……あれが、フレイムドラゴン、しかも成竜の鱗かよ！」

「すげぇな。鱗だけなのに、なんだか気圧《けお》されちまうぞ」

「絶対に競《せ》り落としてやるんだから！」

フレイムドラゴンの成竜の鱗が登場した瞬間、多くの声が飛び交った。

盛り上がる人々を横目に、オークションの司会が口を開く。

「それではフレイムドラゴンの成竜の鱗の競売《きょうばい》を開始します！　開始価格は――一〇〇〇万ゼンスから！」

「「「い、一〇〇〇万ゼンスだってえええええっ!?」」」

驚きの声を上げたのは、冒険者たちだった。

一〇〇〇万ゼンスと言えば、一般家庭なら五年は働かずして過ごせる金額である。その日暮らしの多い下位ランクの冒険者が出せる金額ではない。

それどころか、上位ランクの冒険者であってもすぐに用意するのは厳しいだろう。

とはいえ、素材の価値をよく知っている商人からすれば、この金額は破格《はかく》の安さである。

「さて……これからいくらになるでしょうか」

古代眼のおかげで鱗の価値を知っていたトーヤはそう呟いた。

今回の鱗は多少の欠けがあったため僅《わず》かに価値が下がっているが、それでも二〇〇〇万ゼンス程度の価値があると、トーヤの古代眼は示していた。

ここからいくらまで値がつり上がっていくのか、トーヤは少しワクワクしながらオークションの様子を眺める。

「一五〇〇万ゼンス」

「一七〇〇万ゼンス」

「二〇〇〇万ゼンス」

しかしトーヤの予想に反し、ものの数秒で相場に近い金額に達した。

冒険者たちは唖然《あぜん》としたまま、競りに参加している人々を眺めていた。

そしてさらに金額は上がっていく。

落札価格が古代眼が示した額以上になったためトーヤは少し疑問に思うが、競りに参加している人々を見てすぐに納得する。

(彼らはほとんどが商人ですね。彼らはあの鱗を相場《そうば》より高く売れる独自の販路《はんろ》を持っているか、あるいは素材を加工して付加価値《ふかかち》をつけるのでしょう。相場以上で買い取っても利益を出せる自信があるということですね)

トーヤがそんなことを考えていると、商人たちの競りを見つめていたギグリオが呟く。

「……はは。こりゃあ、みんなへの割り振りをもう一回考え直さなきゃならねぇなぁ」

「割り振りとはどういうことでしょうか？」

「成竜の鱗の売り上げは、幼竜の捜索に出た冒険者全員で分けるって話だっただろ？」

「そうですね」

「だがオークションまでは時間があったからな。いったん俺が想定の売り上げ分を立て替えておいたんだ。でも今回の金額を見ると、もっと割り振っていかなきゃいかんなと思ったってことだよ」

苦笑いしながらそう告げるギグリオを横目に、さらに金額は上がっていく。

そして――

「そこまで！　落札価格は――三〇〇〇万ゼンスです‼」

「マジかよ！　ここまで伸びるなんてな！」

最終的な金額が決定し、ギグリオは満面の笑みを浮かべていた。

そんなギグリオにトーヤは気になったことを尋ねる。

「これだけ大きな金額の場合、支払いはどのように行われるのでしょうか？」

「ん？　基本的には現金払いだが、一〇〇万ゼンスを超える金額に関しては、銀行を介《かい》して支払われるのが一般的だな」

「……ぎ、銀行があるのですか？」

異世界にも銀行があるとは思わず、トーヤは驚きの表情を浮かべた。

しかし、ギグリオは当たり前といった様子で言う。

「そりゃ当然だろう。商業ギルドにいるなら、金の振込《ふりこみ》とかもしたことがあるんじゃねぇのか？」

「いえ、私はしたことありません。私が普段いる鑑定カウンターで扱《あつか》うのは安い素材がほとんどですから、現金の手渡し以外はしたことがないですね」

「給料はどうやって貰ってんだよ？」

「こちらも手渡しですね」

ギグリオは驚愕《きょうがく》しながらトーヤを見つめる。

「……マジか？　金はどうやって保管してるんだ？」

「今までいただいたお給料はアイ……」

「アイ……って、なんだ？」

「あー……いえ、宿の部屋に隠しているので」

思わず『アイテムボックス』と言いそうになったトーヤはなんとか誤魔化《ごまか》しの言葉を口にした。

トーヤは古代眼とは別に、ありとあらゆる道具を時間の流れない亜空間《あくうかん》に収納できる、アイテムボックスというスキルを持っている。

しかしこのスキルは持っている者が少なく、下手に所有者だとバレると余計なトラブルに巻き込まれる可能性がある。

そのためトーヤはアイテムボックスを使えることは隠しているのだ。

幸いなことに、ギグリオは気にせず言葉を続ける。

「はあ？　おいおい、不用心《ぶようじん》だな。盗まれたら堪《たま》ったもんじゃねぇぞ？」

「そ、そうですね。あはは、今後注意します」

苦笑いを浮かべながらそう答えたトーヤは、小さく息を吐くと、すぐに表情を引き締め直す。

二人が会話をしているうちにオークションが終わったのだ。

今回のオークションでは先ほどの鱗を始めとして、落札価格が一〇〇万ゼンスを超える商品が数点ある。

トーヤの仕事が始まろうとしていた。

受け渡し用の個室へ移動しながら、トーヤは共にいるギグリオに問い掛ける。

「ちなみに、古代眼持ちの鑑定士がいない場合、商品の受け渡しはどうするのですか？」

「古代眼持ちを別の都市から借りてくるか、オークションの会場を古代眼持ちのいる都市にする必要があるな。そうなると手数料やら何やらを支払わないといけなくなるから、面倒この上ないんだ」

「そうなのですね。勉強になります」

「ラクセーナには古代眼持ちがしばらくいなかったからな。本当に助かるぜ、坊主！」

そんな話をしているうちに、トーヤたちは一階にある個室の中でも一番広い部屋の前に到着した。

「受け渡しにはギグリオさんも同席なさるのですか？」

「あぁ、坊主には買い手の前で証明書を書いてもらう必要があるからな。何もないだろうが、護衛《ごえい》とでも思ってくれ」

もしも相手が難癖《なんくせ》をつけてくるようであれば、強面《こわもて》のギグリオに圧を掛けてもらうのもありだななどとトーヤが思っていると、ギグリオが前に出て扉をノックし、そのまま開いた。

「お待たせしました」

「失礼いたします」

ギグリオは堂々と中に入っていき、トーヤも頭を下げながらその後ろに続く。

部屋の中央には大きな四角のテーブルと、それを囲うように椅子《いす》が複数置かれており、そこにはフレイムドラゴンの鱗を落札した商人が座っていた。

「お久しぶりでございます、ギグリオ殿。それと……そちらの少年は？」

商人はそう言って怪訝《けげん》そうにトーヤを見つめた。

ラクセーナに住む人の多くは、商業ギルドの専属鑑定士であるトーヤのことを知っている。

しかし、他の都市の人間からすれば、トーヤは商談《しょうだん》の場に似つかわしくない子供にしか見えない。

「彼はこちらが用意した鑑定士ですよ、ガメイさん。フレイムドラゴンの成竜の鱗もこいつが事前に鑑定しています」

商人――ガメイと知り合いのギグリオはそう答えるが、ガメイはお腹を抱えながら大笑いを始める。

「この子供が鑑定士ですか？　がははははっ！　面白い冗談ですな、ギグリオ殿！」

「冗談とは？」

「そのような子供が古代眼を持っているですと？　とても信じられませんなぁ！」

ニタニタと笑いながらそう口にするさまに、ギグリオは僅かに顔をしかめた。

さらにガメイは続ける。

「古代眼以上のスキルを持つ者が今までいなかったからとはいえ、そのようなどこの馬の骨ともしれない子供を用意するなど……ラクセーナ冒険者ギルドの名が泣いてしまいますぞ？」

大笑いしながらそう口にしたガメイは、彼の後ろに立っていた青年に顔を向ける。

「こいつは私のところで専属鑑定士をしているメダと言いましてなぁ。古代眼持ちでいくつもの都市で雇《やと》われてきた、将来有望な鑑定士なのですよ。万が一古代眼持ちがいなかったらと思い連れてきたのですが、正解でしたな」

マウントを取るようなガメイの態度を見ながらも、ギグリオは柔らかな口調で答える。

「ほーう。それはそれは、優秀な鑑定士なのでしょうな」

ここまでのやり取りを、営業スマイルをしたまま聞いていたトーヤは内心で思う。

(どうやらガメイという方は、私が古代眼持ちだとは思っていないようですね。まぁあちらのメダという方も古代眼持ちのようですし、あの方が証明書を書いても問題ないでしょう。向こうの態度は少々気になりますが……)

ガメイとメダの様子を窺《うかが》いながらトーヤがそんなことを考えていると、冒険者ギルドの職員がフレイムドラゴンの成竜の鱗を運んできた。

三〇〇〇万ゼンスもの価格で落札されたフレイムドラゴンの成竜の鱗がテーブルの上に置かれると、それを見たガメイはニヤリと笑い、右手を挙げてメダに指示を出す。

「鑑定するのだ」

「かしこまりました」

軽く会釈《えしゃく》をしながら答えたメダは、フレイムドラゴンの成竜の鱗を凝視《ぎょうし》する。

その様子を見て、トーヤは首を傾《かし》げた。

(……おや？　なかなか結果を言いませんね)

トーヤがフレイムドラゴンの成竜の鱗を鑑定した時は、一瞬で鑑定が終了した。

しかし、同じ古代眼持ちを自称《じしょう》しているメダは鑑定に時間を掛けており、それがトーヤには気になった。

そのまま一分ほどが経った後で、メダはようやく口を開く。

「……ガメイ様、少しよろしいでしょうか？」

「うむ、なんだ？」

メダはガメイの耳元に口を寄せると、小声で何かを呟いた。

それを聞いたガメイは驚きの声を上げる。

「……それは本当なのか？」

「はい。間違いないかと」

最後にガメイが確認を取ると、メダはトーヤを横目で睨《にら》みながら頷《うなず》いた。

その後、ガメイは圧を掛けるような低く重い声を響かせる。

「……ギグリオ殿」

「なんでしょうか？」

「我々を舐《な》めておられるのか？」

「どういうことだ？」

その態度を見たギグリオは、相手を気遣《きづか》うことをやめ、普段と変わらない口調になった。

しかしガメイは怯《ひる》まず、テーブルに拳《こぶし》を振り下ろしながら、怒声《どせい》を上げる。

「これがフレイムドラゴンの成竜の鱗だと？　笑わせないでもらいたい！　メダが言うには、これは幼竜の鱗とのことではないか！　成竜の鱗と幼竜の鱗では価値が全《まった》く違う！　私から金を騙《だま》し取ろうという魂胆《こんたん》だな！」

「……はあ？　あんた、何を言っているんだ？」

呆《あき》れたようにギグリオは言うが、ガメイの口は止まらなかった。

「ドラゴンの素材が貴重だからと言って、我々が見極められないとでも思っていたのか！　甘いな！　一流の商人を舐めるでないぞ！」

（……一流の商人ですか。とてもそうは思えませんが）

トーヤは営業スマイルを張りつけたまま、今もなおこちらを睨んできているメダを見つめる。

すると、ガメイの目線がギグリオからトーヤへ向いた。

「このような子供を鑑定士だと主張しただけでなく、鑑定ミスまで起こすなんて！　もしこれを私が成竜の鱗だと言って他所に売ったらどうする！　商人は信用商売だぞ！」

トーヤが古代眼持ちだと知っているギグリオは、メダの鑑定結果が間違っていることが分かっている。

だがこれ以上対応をするのも面倒くさくなったため、ため息交じりに口を開く。

「だったらなんだ？　この鱗は買わないってことでいいのか？　俺はそれでもいいぞ」

「わざわざラクセーナまで足を運んだのだ。あなた方のミスを水に流し、この鱗を買ってやってもいい。だが、それには条件がある」

「条件だ？」

完全にこちらが悪いと言わんばかりの態度にギグリオは苛立《いらだ》ちながらも、怒りを爆発させないようなんとか感情を抑えている。

「三〇〇〇万ゼンスで落札したが、これが幼竜の鱗となれば…………一〇〇〇万ゼンス。そちらのミスの分も込めて、これで手を打とうではないか」

相場を考えれば、一〇〇〇万ゼンスではフレイムドラゴンの幼竜の鱗すら買えない。

ニヤリと笑いながら値段を口にしたガメイを見て、トーヤは内心で思う。

（難癖をつけて相手を委縮《いしゅく》させ、その後交渉《こうしょう》を図《はか》ってくる……日本で営業をしていた頃にも、このような方はいましたね。まぁ今回はその難癖が無理やり過ぎますが……）

トーヤがふと隣を見ると、ギグリオの表情が殺気を帯びたものになっていることに気がついた。

このままではギグリオの怒りが爆発すると思ったトーヤは、営業スマイルを浮かべたまま手を上げる。

「……一言よろしいでしょうか？」

「部外者は黙《だま》っていろ！」

ガメイは威圧するように言うが、トーヤは落ち着いた口調で続ける。

「私が鑑定した物に文句がつけられているのですから、部外者ではないのでは？」

「商売を知らない小僧は黙っていろということだ！　全く、話の腰を折るな！」

「取引される商品の鑑定結果に不満があるのであれば、鑑定士である私と話をするべきでしょう。

そうは思いませんか、メダさん？」

トーヤの堂々とした物言いを聞き、ガメイは態度を変えることなく鼻で笑った。

しかし、一方でメダは動揺したように声を漏らす。

「……な、何が言いたい？」

「私の鑑定結果を否定したのはメダさんでしたね。メダさんはどうしてあの鱗が幼竜の鱗だと思ったのですか？」

トーヤには目の前の鱗が、成竜の鱗であることは分かっている。

それは古代眼で鑑定したからでもあるが、そもそも目の前でフレイムドラゴンの成竜がお礼として落としたのを直接見ているからだ。

感謝の気持ちで渡されたものを、相手が悪意をもって奪おうとしている。

その事実を目の前にして、トーヤもギグリオほどではないが怒りを覚えていた。

トーヤは笑みを浮かべながらメダに近づくと、メダは慌てながら答える。

「そ、そんなもの、古代眼がそう教えてくれたから――」

「ならばお聞きします。古代眼であれば、その物の詳細な鑑定が可能になると思いますが、メダさんも鱗の様々な情報を取得できていますよね？」

「それがなんだ！　私が鑑定結果を聞かせたところで、お前らが商品を偽っていた事実は変わらないだろう！」

「私が古代眼を持っていることを証明しようと思いまして。そうですね……お互いが同時に詳細な鑑定結果を読み上げましょう。古代眼同士であれば、鑑定結果に差が出ることはないはずです。ですよね？」

最後の『ですよね？』には強烈《きょうれつ》な圧が込められていた。

「そ、それは……」

「いいだろう。付き合ってやれ、メダ」

「ガ、ガメイ様⁉」

「なんだ、私の言うことが聞けないというのか？　そもそもこんな小僧が古代眼を持っているわけがないんだ。それなら、ボロを出すのは向こうに決まっているだろう！」

ガメイがメダを睨みつけると、メダは不安げにビクッと肩を震わせる。

その様子を見たトーヤは、そもそもメダは鑑定系のスキルすら持っていないのではと感じた。

すると、トーヤが何か言うより先にギグリオが前に出る。

「坊主が面倒を引き受ける必要はねぇよ」

ギグリオの大きな手が、トーヤの頭をガシガシと撫《な》でた。

「ったく、あの人の言う通りになりやがったなぁ」

そう口にしたギグリオは、小さく息を吐き出した。

その後、鋭《するど》い眼光《がんこう》でガメイを睨みつける。

「な、なんだ？　脅《おど》して無理やり買い取らせるつもりか！」

「脅すも何も、交渉決裂《こうしょうけつれつ》だ。あんたらにフレイムドラゴンの成竜の鱗は売らん」

「ふざけるな！」

「ふざけてんのはどっちだ？　あぁん？」

椅子から立ち上がろうとしたガメイを、ギグリオがドスの利《き》いた声で威圧する。

浮きかけていた腰が動きを止め、ガメイは椅子に座り直した。

ギグリオは厳しい声で続ける。

「いいからさっさと帰れ。それと、ラクセーナの冒険者ギルドは今後、お前たちとの取引には応じないからな」

「なんだと!?　商品の偽装《ぎそう》をしただけでなく、取引を一方的に中止するなんて、そんなことが許されると思っているのか！」

「あら？　許すも何も、当然のことではなくて？」

ギグリオの言葉にガメイが怒声を響かせると、扉の方から別の声が聞こえてきた。

トーヤは聞き慣れた声に、思わず振り返る。

「……ジェンナ様？」

そこには商業ギルドの長《おさ》であるエルフの女性——ジェンナが立っていた。

「すまない、ジェンナ。あなたの言う通りになってしまった」

「気にしないで。こうなると思っていたから、顔を出しに来たのよ」

ギグリオとジェンナが話をしていると、ガメイは勢いよく立ち上がる。

「ジェンナ殿！　こ奴らは私を……商人を舐めております！」

ガメイはギグリオとジェンナの間に入り、彼女に声を掛けた。

「……はぁ。あなた、勘違いしているようね？」

「…………な、何を仰っているのですか？」

ジェンナがため息を吐くも、ガメイは彼女が自分の味方であると信じてやまない様子だ。

「商人を舐めているのはあなたでしょう、ガメイ！」

「そ、そんなことはありません！　ギグリオ殿はこのような小僧を古代眼持ちの鑑定士だと偽っていました。舐めているとしか思えません！」

「おいおい。それをジェンナに言うか？　……いや、そうか。こいつらは知らないんだったな」

ガメイたちがラクセーナの外から来たことを思い出し、ギグリオは呆れた眼差しをガメイに向ける。

「トーヤを古代眼持ちだと偽った、ですって？」

「その通りです！　その上、偽りの素材で金を騙し取ろうとしたのですよ！」

ジェンナの冷たい視線をその身に受けながらガメイが答えた。

「……そうなの、トーヤ？」

「騙そうとしてきたのはガメイさんの方です。向こうの鑑定士であるメダさんが成竜の鱗を幼竜の鱗と言い、値下げをしろと脅してきました」

「何を言っておるか！　貴様のような嘘つき小僧の戯言《ざれごと》を、ジェンナ殿が信じるわけが――」

「ふーん、わたくしたちのところの専属鑑定士を嘘つき呼ばわりねぇ」

「全く、本当に嘘をつくのも大概《たいがい》に……は？　今、なんと？」

怒《いか》り心頭《しんとう》という様子のガメイだったが、ジェンナの言葉を聞いて、一気に顔が青ざめていく。

それはメダも同じで、全身がガタガタと震えだしていた。

「トーヤはラクセーナ商業ギルドの専属鑑定士よ。彼が古代眼持ちであることは、わたくしが直《じか》に確認しているわ。それでも彼の鑑定結果が嘘だと言い張るの？」

「……ま、まさか、そんな？」

ガメイは衝撃の事実を聞いたと言わんばかりに、小さく震えだした。

ジェンナは気にせず続ける。

「あなたは確か、ラクセーナよりも小さな都市で商会を立ち上げていたわね？　わたくしたちともいくつか取引をしていたはず」

「えっと、それは、その……」

「ここに宣言《せんげん》してあげるわ。ラクセーナ商業ギルドも、冒険者ギルドと同様に、あなたたちとの取引には今後一切応じません」

「そ、そんな!?」

ジェンナの一声にガメイが愕然《がくぜん》とし、よろよろと後退《あとずさ》ると、椅子に足を取られてドサッと地面に尻もちをついた。

「そうそう。ご存じだと思うけれど、商業ギルドには商業ギルドの情報網があるわ。あなた方が汚い手を使ってフレイムドラゴンの成竜の鱗を手に入れようとしたことは、すぐに他の都市のギルドや商会にも広まるでしょうね」

最後にジェンナがそう言い渡すと、ガメイは放心したようにだらりと脱力した。

「そこのあなた。メダさんでしたっけ？」

「は、はい！」

「この邪魔な人間を運び出してくれるかしら？　今すぐに、いいわね？」

「か、かかかか、かしこまりました！　失礼いたします‼」

ジェンナの言葉を聞き、メダはてきぱきとした動きでガメイを担ぎ上げ、一目散に部屋を出ていってしまった。

「助かった、ジェンナ」

ギグリオがお礼を口にすると、ジェンナは手を振った。

「彼の悪評は以前から聞いていたもの。いろいろなところで強引な値切りを繰り返していたようだし、切り捨てる良い機会だったわ」

「ありがとうございました。ギグリオさん、ジェンナ様」

すると今度はトーヤが、二人に対してお礼を口にした。

「私が表立って責《せ》められないよう、気を遣っていただきましたよね？」

トーヤがそう口にすると、ギグリオは豪快《ごうかい》な笑みを、ジェンナは柔和《にゅうわ》な笑みを浮かべる。

「んなことを子供が気にすんじゃねえっての」

「そうよ、トーヤ。それにわたくしは立場上、あなたの上司だもの。部下を守るのは上司の役目なのよ」

「……それでも、感謝の気持ちを口にしたかったのです」

そんなトーヤの発言に、ギグリオとジェンナは顔を見合わせる。

そして、同時に軽く肩を竦《すく》めた。

「まあ、坊主はめちゃくちゃ律儀《りちぎ》だからな」

「そうね。トーヤだものね」

「……それは褒《ほ》めていますか？　それとも貶《けな》していますか？」

最後の発言を聞きジト目になったトーヤを見て、ギグリオとジェンナは軽く笑った。

その後、ギグリオは思い出したように口を開く。

「そうだ、ジェンナ。さっき聞いたんだが、坊主は銀行口座を持っていないらしい」

「あら、そうだったの？　って、言われてみれば、異世界から来たトーヤは一人じゃ口座を作れないわね。気づいてあげられなくてごめんなさい」

「あぁ、そう言えばそうだな」

トーヤが異世界から来たことを知っているジェンナとギグリオは納得したように頷いた。

二人のやり取りに疑問を持ったトーヤは首を傾げる。

「異世界人だと口座は作れないんですか？」

トーヤの問いにジェンナが答える。

「正確に言えば違うわね。ラクセーナでは子供が口座を作る時は保護者の許可が必要なのよ。でもトーヤはこの世界に保護者がいないでしょう？」

「あぁ、なるほど……となると、私は大人になるまで口座を作れないのでしょうか」

「大丈夫よ。身寄《みよ》りのない子供の場合、身分を証明する大人がいれば口座は作れるわ。わたくしがあなたの身分を保証してあげる」

「宿に金を隠しているみたいだし、誰かに盗まれる前に早く口座を作った方がいいんじゃないか？」

ギグリオが心配そうにいうが、トーヤは遠慮《えんりょ》したように手を振る。

「いえいえ！　本当にお気になさらず。ジェンナ様の都合の良いタイミングで構いませんので」

「わたくしは大丈夫よ。オークションの仕事が終わり次第、銀行口座を作りましょう」

「本当はお金はアイテムボックスに入っているからどこに預けるよりも安全です」と口にしたい気持ちを抑え、トーヤは小さく頭を下げるのだった。


その後、オークションで競り落とされた商品の受け渡しが次々と行われ始めた。

一番の大物を競り落とした相手が姑息《こそく》な手を使おうとしたということで、受け渡しの場にはジェンナも同席することになった。

落札者たちはトーヤが古代眼持ちの鑑定士だと聞かされると、皆最初は鼻で笑っていた。

しかしジェンナが登場して商業ギルドの専属鑑定士だと伝えると、手のひらを返したように何度も頭を下げるようになり、受け渡しは滞りなく執《と》り行われた。

こうして一〇〇万ゼンス以上で落札された商品の受け渡しが全て終わったあとで、トーヤはジェンナと共に商業ギルドに戻っていった。

商業ギルドに着いたのは夕暮れ時で、定時まではあと少しという状況だ。

入り口のドアを開けるや否や、ジェンナは急ぎ足で自室に戻る。

そしてトーヤは自身の担当である鑑定窓口の前に座った。

「お帰り、トーヤ君。ねえねえ、ギルマス、どうかしたの？　急いでいたみたいだけど……」

商業ギルドの副ギルドマスター、リリアーナはトーヤに横歩きで近づき、尋《たず》ねた。

「お疲れ様です、リリアーナさん。実は、私が銀行口座を持っていないと知ったジェンナ様が、急いで作ろうと言ってくれまして、その準備をしているのかと思います」

「えっ？　トーヤ君、口座を持っていなかったの？」

「はい。毎月手渡しでお給料をいただいておりました」

リリアーナはまさかといった表情を浮かべるが、トーヤは特に気にした様子もない。

「……なんで口座が欲しいって言わなかったの？」

「銀行があるなんて思わなかったもので」

「お金の管理は？」

「宿に保管を――」

「今すぐに取ってきなさい。そしてすぐに口座に預けなさい」

『仕事を抜けろ』という意味の発言に、トーヤは目を丸くしてしまった。

「……そ、そんなに急ぐことでもないような？」

「あのね。いくら上等な宿とは言っても、絶対安全ではないのよ。それに商業ギルドのお給料は他よりもいいの。それを裸のまま隠しているだけだなんて、危険すぎるわ！」

本当はアイテムボックスに入れているのだと教えてあげたい気持ちになったが、トーヤは思いとどまる。

その後少し考え、トーヤはリリアーナに従うことにした。

「かしこまりました。宿へ戻っている時間は休憩《きゅうけい》として、その分の仕事はあとでしますので――」

「もうあがり扱いで構わないわ。オークションも大変だっただろうし」

「いえいえ、大変だったのはジェンナ様とギグリオさんで――」

「トーヤ君はあがり！　急いでお金を取ってきなさい！　いいわね！」

「……かしこまりました」

有無を言わせぬ迫力でそう言われてしまい、トーヤの早あがりは確定となった。

トーヤは簡単に荷物を纏《まと》め、一人商業ギルドを出る。

とはいえ、宿へ戻らなくてもお金はアイテムボックスに入っている。

そのため、トーヤは商業ギルドの周りをゆっくりと散歩したのち、何食わぬ顔で建物内に戻った。

「お待たせいたしました」

するとリリアーナは怪訝な表情でトーヤを見てくる。

「……どうしたのですか？」

「……帰ってくるの、早くないかしら？」

「そう言われましても、お金は持ってきましたよ？」

トーヤがそう伝え、肩《かた》にかけた鞄《かばん》を掲《かか》げる。

するとリリアーナは首を傾げながら、不思議そうに呟く。

「……まあ、それならいいんだけど」

リリアーナが納得いかなそうにしていると、二階からジェンナが降りてきた。

「あら。もう荷物の準備はできているみたいね。早いわね、トーヤ」

「急いで取ってきましたので。それで、これから銀行に行くのでしょうか？」

「その必要はないわ。ついてきて」

ジェンナはそう言って歩き出し、トーヤ、そしてリリアーナも彼女のあとに続く。

そして、商業ギルドの端《はし》の小さなカウンターへと向かった。

その上には小さく、『銀行カウンター』の文字が書かれた看板がぶら下がっている。

「あ……商業ギルド内に窓口があったのですね。全く気づきませんでした」

「ここは出張窓口だけどね。利用者も少ないし、鑑定窓口とは距離があるから、見逃していても無理ないわ」

「そうですね、こちらでお世話になることが決まってからは、仕事を覚えるのに必死でしたので、こちらのエリアは見ていませんでした」

頬《ほお》を掻《か》きながらトーヤがそう口にすると、リリアーナは申し訳なさそうに謝罪する。

「忙しくさせちゃっていたもんね。ごめんね、トーヤ君」

「いえいえ！　そんなつもりで言ったのではないのです。気にしないでください」

含《ふく》みを持った言い方になってしまったと思い、トーヤは慌てて両手を振った。

すると、ジェンナは微笑みながら口を開く。

「リリアーナも、トーヤが皮肉《ひにく》を言ったなんて思っていないわよ。ただ忙しくさせていることを謝罪したかった。そうじゃなくて？」

「はい。トーヤ君には感謝してもしきれないくらい、お世話になっちゃっているので」

「それはこちらのセリフですよ。商業ギルドの皆さんには大きな恩がありますから」

「恩？　それこそこっちのセリフよ」

トーヤは、誰ともしれない子供である自分を引き受けてくれた商業ギルドには返しても返し切れないほどの恩があると思っている。

だからこそ少しでも仕事に貢献《こうけん》できればいいなと考え、必死に働いていた。

一方でリリアーナは、仕事ができる相手であれば子供でも雇い入れるというジェンナの方針を知っている。

故に、トーヤが雇われたことは必然であると思っており、トーヤが商業ギルドに恩義を感じているという発想自体持っていなかった。

それどころか、一生懸命に働き他の職員も助けてくれるトーヤには、リリアーナも恩を感じていたのだ。

「うふふ。お互い同じように思っているってことね。でも今はその話は置いておきましょう。リリアーナ、事務作業をお願いしてもいいかしら」

トーヤとリリアーナのやり取りを見ながら、ジェンナはそう口にした。

リリアーナははっとしたように頷き、窓口側の席に座る。

そしてジェンナは説明を始める。

「預け入れの時も、引き出しの時も、基本はカウンターの職員に声を掛けてくれればいいわ。あとは職員の指示に従えばオッケーね」

「なるほど、こちらで何か用意するものはありますか？」

「基本的にはないわ。預け入れも、引き出しも、お金の出し入れは全て職員が行うからね。強《し》いて言うなら、今日受け取る通帳《つうちょう》を忘れないようにね」

通帳という言葉を聞き、トーヤは周囲を軽く見回す。

（地球にあるATMのようなものはないようですね。まぁ当たり前ですが）

二四時間利用可能なATMのようなものがあればお金の出し入れも楽だろうと思ったが、さすがにこの世界にそんなものがないことは、トーヤにもなんとなく分かっていた。

「それでは……口座の開設と、こちらをお預けしてもよろしいでしょうか？」

そう口にしたトーヤは、鞄の中に手を突っ込むと、中を探すふりをしてアイテムボックスを発動し、お金の入った大き目の袋を取り出した。

「あら、結構な額が残っていたのね。あまり使っていないのかしら？」

「ジェンナ様に紹介していただいた宿はお値段のわりに、サービスが素晴らしいので、入《い》り用《よう》な物があまりなくて」

「ふーん。そうは言ってもお洋服とか、消耗品《しょうもうひん》とか、いろいろ必要になるでしょ？　それにずっと宿にいるっていうのもねぇ」

リリアーナが処理を進めながら、そんなことを口にした。

「あまりオススメではありませんか？　料理も掃除も全部してくれるので、私としてはとても楽なのですが」

「どこかに家を借りた方が、ずっと宿を借りるよりは安くつくんじゃない？　あっ、もういっそのこと家を買っちゃうとかもありね！」

「さ、さすがに家を買うというのは、夢のまた夢ですかね」

一国一城《いっこくいちじょう》の主《あるじ》、という言葉に多少の憧《あこが》れはあるものの、現在だけでなく日本人だった頃から、トーヤは家を買おうとは考えたこともなかった。

「そうかしら？　トーヤくらい仕事ができるなら、近い未来でそうなっていてもおかしくはないけれどね」

「ジェンナ様まで、やめてくださいよ」

リリアーナだけではなくジェンナにまでそう言われてしまい、トーヤは苦笑いを浮かべた。

その後、ジェンナとリリアーナの指示に従い、トーヤはいくつかの書類に名前を記入した。

そうして五分ほどが経ち、リリアーナが口を開く。

「……よし、これで手続きは完了ね！」

「今後のお給料は口座に振り込むということでいいのかしら？」

最後にジェンナが確認を取ると、トーヤは頷く。

「そうしていただけるとありがたいです」

リリアーナはトーヤに通帳を渡すと、思い出したように疑問を投げ掛ける。

「あっ、そうそう、トーヤ君。今日はオークションに行っていたのよね。どうだったかしら？　楽しかった？」

「あー……楽しかったというか……驚きました……一人の商人が大変なことになりましたからね」

「……はい？」

トーヤの言葉の意味が分からず、リリアーナは首を傾げる。

すると、ジェンナが迫力のある笑みを浮かべた。

「うふふ。彼はちょっとおいたが過ぎたもの、仕方がないわ」

その様子を見て、ジェンナが何かしたことを理解したリリアーナは、小さく怯えながら苦笑いを浮かべる。

「……ま、まあ、よく分からないけど、仕方がないですね」

「……そうですね。えぇ、その通りです」

トーヤもジェンナの表情に恐怖を感じながらそう言った。

「それじゃあ、トーヤはさっさと帰って休みなさい。もうあがりでいいからね」

「おっと、先ほどリリアーナさんにも言われたのでした……それでは、お先に失礼いたします」

本当であればもっと働いていたいと思ったトーヤだが、先ほどから一向に変わることのないジェンナの笑みを前にしては、彼女に従う他なかった。

その後、ギルド全体に挨拶《あいさつ》を済ませたトーヤは、足早《あしばや》に商業ギルドをあとにした。

道を歩きながら、トーヤは気づけば自然と軽く肩を回していた。

平時より少し早い帰宅時間ではあったが、仕事が終わったと自覚した途端《とたん》、ドッと疲れを感じる。

「どうやら冒険者ギルドでのやり取りで、思いのほか疲れを溜《た》めてしまったようですね」

肩を回す動作を佐鳥冬夜が行っていたら、周りからおじさん臭いと思われていたかもしれないが、今の彼は少年の姿である。

その行動は周囲を歩く人々に可愛らしいと思われることはあっても、おじさん臭いとは思われていなかった。

トーヤはそのまま歩き続け、日が暮れた直後に宿の前に辿り着いた。

「ようやく宿に着きましたね」

ジェンナやリリアーナと家を借りるか、買うか、という話をしていたものの、今のトーヤにとってはこの宿が、我が家のような感覚になっている。

門構《もんがま》えを見ると自然とリラックスすることができた。

「やはり、ここに来ると落ち着きます」

そう呟きながら中に入ると、カウンターに立っていた女将《おかみ》に会釈をし、トーヤは自分の部屋へ戻っていく。

「……とはいえ、リリアーナさんの言う通り、宿に泊まり続けるのは問題もありますよね」

部屋に戻って早々、トーヤは改めて自分の状況を考える。

もしも、宿の女将から出ていってほしいと言われたら、トーヤは一瞬にして寝泊まりするところを失うことになってしまう。

今となっては頼れる人も増え、一日、二日くらいはどうにかなるのではないかと思わなくもないが、やはり安定した住居《じゅうきょ》というのは必要ではないかと、トーヤは感じた。

「……衣食住、このどれかが欠けては、満足いく生活は送れませんからね」

しかし、新しい住居を探すとなれば、すぐにどうこうできる問題でもない。

「……あとでしっかりと考えなければなりませんね。とはいえ、今日は疲れましたし、食事をしたらすぐに寝てしまいましょう」

そう考えたトーヤは、部屋を出るとそのまま食堂へ向かう。

「お前のせいだぞ！」

「お、俺のせいじゃありませんよ！」

すると、食堂の入り口前までやってきたトーヤの耳に、男性同士が言い争う声が聞こえてきた。

声は食堂の奥から聞こえてきており、いったい何があったのかと中を覗《のぞ》き込む。

「……おや？　あの方々は……さて、どうしましょうか」

言い争いをしているのはガメイとメダだった。

日中に見た顔ぶれを前に、トーヤはどうしたものかと思案する。

「ん？　あっ！　お前は！」

すると、メダがトーヤに気づき、怒声を響かせた。

そしてガメイと共に、トーヤに近づいてくる。

「貴様！　よくも私を侮辱《ぶじょく》してくれたな！」

どうして彼らがここにいるのか気になったが、トーヤはひとまずガメイに答える。

「侮辱も何も、私はありのままの事実をお伝えしただけですが？」

「ふざけるな！　貴様のせいで私の商会は終わりなのだぞ！」

「それは自業自得《じごうじとく》だと思うのですが？　競り落とした値段で購入せず、いちゃもんをつけて無理やり価格を下げようとしたわけですからね」

「黙れ！　おい、お前ら！」

ガメイがそう口にすると、他のテーブルに座っていたガタイのいい男性たちが一斉に立ち上がる。

その数は四人。

「護衛として連れてきていたが、ちょうどいい！　憂《う》さ晴《ば》らしに貴様をボコボコにしてやる！」

「ちょっと、やめないかい！」

「黙れ！　邪魔をするな！」

言い争いにトーヤが巻き込まれていることに気づいた女将が間に入ろうとしたが、ガメイはやめるつもりなど毛頭《もうとう》ない。

このままでは自分だけではなく、女将まで巻き込まれてしまうと思ったトーヤだったが――

「やっほー！　やっぱりいたね、トーヤ！」

そこへ聞き慣れた、そして頼りになる人物の声が聞こえてきた。

「ミリカさん！　それに、ダインさんにヴァッシュさんも！」

「何やら言い争っている声が聞こえてきたが……ふむ、なかなかに物騒《ぶっそう》な状況だな」

「てめぇら、ガキを相手に何してんだ？　あぁん？」

トーヤがスフィアイズへ転生した直後、彼を見つけて助けてくれた冒険者パーティ、瞬光のミリカ、ダイン、ヴァッシュが、トーヤの後ろから現れた。

「なんだ、貴様らは！」

態度を変えず、ガメイはそう口にした。

ダインはトーヤを見て答える
「彼と懇意《こんい》にしている冒険者だ」

「うわー。ギルマスが言った通りの展開になってるわー」

「ん？　ギグリオさんが何か仰っていたのですか？」

トーヤはどうしてダインたちがこの場に現れたのか不思議に思っていたため、ミリカの発言に思わず聞き返した。

「今日のオークションで問題があったから、この人たちがラクセーナからいなくなるまではトーヤの護衛を頼むって言われたんだー」

「とはいえ、まさかオークションがあった当日に問題を起こすとはな」

トーヤの疑問にミリカが答えると、ダインは呆れたように呟く。

「おい、てめぇら。やるなら外に出ろ。思う存分相手になってやるからよ！」

ヴァッシュはトーヤたちの会話に興味がなく、ガメイの護衛である四人の男性たちに睨みを利かせていた。

「なんだ、こいつは！」

「関係ない奴は引っ込んでろ！」

護衛の二人は怒鳴るように言うが、ヴァッシュも負けじと言い返す。

「あぁん？　なんだ、ビビったのか？　ガキにしかケンカを売れねぇなら、この場からさっさと消えろや、ボケが！」

「こいつ、舐めたことを！」

「ガメイさん、こいつらもやっちまっていいですか？」

ヴァッシュの挑発《ちょうはつ》にキレた護衛たちがガメイに許可を求めた。

「いいだろう！　やってしまえ！」

その言葉を合図に、護衛たちはそれぞれの武器を抜いた。

「なるべく被害は最小限にするぞ、ヴァッシュ」

「ったく、面倒くせぇなぁ」

「トーヤと女将さん、あと他のお客さんたちは下がっていてねー」

ダイン、ヴァッシュ、ミリカがそう口にしながら前に出る。

客たちは自分が座っていたテーブルを動かしながら移動し、あっと言う間に食堂にスペースができた。

「すみません、女将さん。私のせいでこのようなことに」

後方に下がったトーヤは、隣にいた女将に謝罪した。

「いいってことよ。こんなこと、日常茶飯事《にちじょうさはんじ》だからね」

「……そうなのですか？」

まさかの返答にトーヤは驚きの声を漏らした。

「トーヤ君は食事の時間も早いし、すぐに部屋に戻ってるから分からなかったんだね。ここじゃ冒険者同士の喧嘩《けんか》なんてしょっちゅうなんだよ」

今まさにダインたちがぶつかり合おうとしている状況で、女将は普段と変わらない笑みを浮かべながらそう口にする。

それからすぐに、ダインたちとガメイの護衛たちがぶつかり合った。

護衛たちは武器を手にしているが、ダインたちは素手《すで》である。

それにもかかわらず、ダインたちは護衛たちを圧倒しており、ミリカに至っては自分よりも遥かに体が大きい男性を、苦もなく投げ飛ばしていた。

護衛たちは一分と掛からずに制圧《せいあつ》され、床に倒れる。

「なんだ、てめぇら？　ただのザコじゃねぇか」

「まだやるつもりだというのなら、外に放り投げてから思う存分相手になってやるぞ？」

ヴァッシュは呆れながら、ダインは制圧した者たちに視線を向けながらそれぞれ言葉を発した。

続いてミリカが倒れている護衛の一人に満面の笑みを向ける。

「どうするー？　女の子にボコボコにされる醜態《しゅうたい》を晒《さら》したいならやってもいいけどー？」

すると護衛たちは顔を青ざめさせ、一斉に首を横へ振り始めた。

「き、貴様らあああっ！　何をしておるかあああっ！　さっさとやれえええっ！」

ガメイだけは一人気《き》を吐《は》いており、戦意喪失《せんいそうしつ》した護衛たちに対して声を荒らげた。

しかし、護衛たちは誰一人として動く気配を見せず、それを見たガメイはわなわなと震えだす。

すると今度はヴァッシュがガメイを挑発し始めた。

「なんだてめぇは？　上からものを言うだけか？」

「……な、なんだと？」

「ザコ共はもうやる気がないみたいだぜ？　だったら、ボスのてめぇがやるか？　あぁん？」

鼻息荒くそう口にしたヴァッシュは、大股で一歩、ガメイへと近づいた。

ガメイの後ろで、既《すで》に尻もちをついて動けなくなっていたメダが悲鳴《ひめい》を上げる。

「ひ、ひいいいいっ!?」

「わ、私に手を上げようというのか！　私は一般人だぞ！」

ガメイは怯えながらそう言うが、ダインは落ち着いた口調で言う。

「あなたはこの宿に迷惑を掛けた人間だ。それに冒険者ギルドのオークションで問題を起こしたことも、既にラクセーナには知れ渡っている」

「……そ、そんなバカな！」

「ラクセーナの中だと、あんたはもう犯罪者一歩手前って感じだよー？　護衛のこいつらを使ってトーヤを襲おうとしていたし、宿にも迷惑を掛けているんじゃあ……一般人なんて言葉、通用しないと思うけどなー？」

最後まで強気な姿勢を続けていたガメイだったが、ミリカの言葉が決定打となった。

「……そ、そんな、バカな」

ついにはガクッと膝《ひざ》が折《お》れ、その場で泣き崩《くず》れるガメイ。

その様子を見て、ダインは指示を出す。

「ミリカは憲兵《けんぺい》を呼んできてくれ。俺とヴァッシュはこいつらが暴れないよう、見張っておく」

「はーい！」

「てめぇら、暴れんじゃねぇぞ？　暴れたらさらにボコボコにしてやるからな？」

ミリカが駆け足で宿をあとにすると、続けてヴァッシュが護衛たちを脅していく。

護衛たちは泣きそうな顔になりながら何度も頷いていた。

ダインたちとの一戦で実力差を理解したからだ。

護衛たちに動く様子がないと判断し、ダインは小さく息を吐きながらトーヤの元へ向かった。

「大丈夫だったか、トーヤ？」

「大丈夫……と言いたいところですが、ダインさんたちが来なければどうなっていたかと考えると、正直怖いですね」

そう答えたトーヤを見て、ダインは柔和に笑いながら彼の頭を優しく撫でた。

トーヤは安心感を覚え、思わず微笑む。

「俺たちがもう少し早く来られていればよかったんだがな。申し訳ない」

「そんな！　ダインさんたちが謝る必要なんてどこにもありません！　私の不注意で、苛立っている相手の神経を逆撫《さかな》でしてしまいました。私の方こそ申し訳ありませんでした」

ダインに慌てて謝り返したトーヤは、続いて振り返り女将を見る。

「女将さんも、私のせいでこのような事態になってしまい、誠に申し訳ございませんでした」

「なーに言ってんだよ！　さっきも言ったけど、こんなことは日常茶飯事さ！　トーヤ君が気にする必要なんてないよ！」

申し訳なさそうにしていたトーヤに向けて、女将は豪快に笑いながらそう口にした。

「トーヤ君はもう疲れただろう？　憲兵への説明はあたいがやっておくから、休んできな」

「いえ、私も当事者ですし、女将さんに全てをお任せするわけには」

「安心しろ、俺も説明には加わるからな。どうせギルマスも来るだろうし、トーヤは気にせず明日に備《そな》えて休むことだ、いいな？」

女将とダインから笑みを向けられたトーヤは、二人の厚意を無下《むげ》にするわけにはいかないと思い、小さく頷いた。

「ありがとうございます。それでは、失礼いたします」

トーヤは女将とダインに頭を下げ、そのあとに護衛たちを睨みつけていたヴァッシュにも頭を下げると、そのまま二階にある自分の部屋へ向かった。

結局、夕食を食べられなかったのだが、今日はもう食べ物が喉《のど》を通る気がしない。

部屋に入ったトーヤはそのままベッドへ横になる。

そして、大きく息を吐き出した。

「はあぁぁぁぁぁ……仕事を終えてからの方が、疲れましたね」

思わずそう呟いてしまったトーヤは、改めてジェンナとリリアーナの言葉を思い出した。

「……家探し、本気で考えなければいけないかもしれません」

今日こうして宿に迷惑を掛けてしまったことを考えると、そう思わざるを得なかった。

「さて、それじゃあ……いえ、今日はもう寝てしまいましょう」

いつもなら寝る前に一日の振り返りをしているのだが、今日はあまりにもいろいろなことがあり過ぎた。

トーヤはそのまま目を閉じると、一気に深い眠りへと落ちていった。


——後日談《ごじつだん》だが、ガメイとメダはこのあと、憲兵によって自身が商会を営《いとな》む都市へ送り返された。

事情聴取《じじょうちょうしゅ》などが行われたこともあり、送り返されたのはオークションがあった日から五日が経過したあとだった。

そのため、ガメイが都市に戻った時には既に、オークションで不正を働いたことと、ラクセーナの商業ギルドと冒険者ギルドから縁を切られたことが都市中に伝わっていた。

当然だが、ガメイの商会は、あらゆるところから手を切られ、数日で商会を畳《たた》むことになったのだった。

◆◇◆◇第二章：トーヤ、そろばん教室を開く◇◆◇◆

オークションを終えてから三日が経ち、トーヤは休日を迎えていた。

しかし、いつもとは異なり、今日は暇《ひま》な休みではない。

「……さて、行きますか！」

今日のトーヤは珍しく予定が入っていたため、ウキウキ気分で宿をあとにする。

向かった先は、トーヤが休みの日に入り浸っている、ブロンのなんでも屋だ。

トーヤは一人で街を歩き、すぐに目的地へ辿り着く。

「お邪魔いたします、ブロンさん」

「よく来たねぇ、トーヤ」

扉を開いて挨拶をすると、そこにはなんでも屋の主人である初老の男性——ブロンがいた。

そしてそれだけでなく、スフィアイズに来てから初めてできた友達が待っていた。

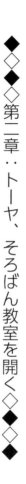

「遅いぞ、トーヤ！」

「すみません、アグリ君」

なんでも屋にはトーヤの友達であり、商業ギルドの職員であるフェリの弟、アグリが待っていた。

「お店は……開けたままで良いんじゃったな？」

「そうしていただけると助かります」

以前トーヤがなんでも屋を訪れた時は、とある道具の説明をする際に店を閉めてもらっていた。

しかし、それではブロンの迷惑になってしまうのではないかと考えたトーヤとアグリは、なんでも屋で何かをする際、必ず開店のままにしてもらうようお願いしていたのだ。

「わしとしては、閉店しても問題はないんだがねぇ」

ブロンは本音を口にするが、それをトーヤとアグリが断固拒否《だんこきょひ》する。

「以前、お店を閉めていたのに、冒険者の方がポーションを購入しに来たではないですか」

「そうですよ！　俺たちはブロンさんの邪魔をしたくないんです！」

なんでも屋のためにも、そしてブロンお手製のポーションを求めてくる冒険者のためにも、可能な限り開店のままにしておいてもらいたいと二人は思っていた。

「ほほほ。分かっておる、ちゃんと開店のままにしておくよ」

二人の意見を聞いて、ブロンも納得顔で頷いた。

「それじゃあ……早速やろうぜ、トーヤ！」

「ほほほ、楽しみだねぇ」

「かしこまりました。それでは始めましょう――そろばん教室を！」

トーヤの本日の予定、それはアグリとブロンにそろばんを教えることだった。

そろばん教室が開かれることになった理由は、先日トーヤが発した「故郷には計算用の道具がある」という何気ない呟きにブロンが興味を持ったことだ。

トーヤがそろばんの話をすると、その説明を聞いたブロンはあっという間にそろばんを作り上げた。

そして、トーヤがそろばんのデモンストレーションをすると、アグリもブロンもその動きに感動し、そのままトーヤが教える流れになったというわけである。

当時は急遽《きゅうきょ》そろばんを作ったこともあり、満足な時間がなかった。

しかし、今回はたっぷりと時間を用意できているため、アグリもブロンも楽しみで仕方がない。

ちなみに、アグリとブロンのそろばんは既にカウンターに準備されていた。

トーヤは鞄から自身のそろばんを取り出す。

「まずは、そろばんが上達するためのコツをいくつかお伝えしたいと思います」

「待ってました！」

カウンターへ歩み寄りながらトーヤがそう口にすると、アグリが喜びの声を上げる。

ブロンも言葉にはしないものの、その表情は童心《どうしん》に返ったような様子だった。

「まずは指使いです」

「指使いと言うと、珠《たま》の弾《はじ》き方《かた》を教えてくれるのかな？」

「その通りです。珠はそれぞれ弾く指が決まっていますからね。慣れた人はアレンジすることもあるのですが、お二人ともまだ始めたばかりですし、最初は基本に忠実《ちゅうじつ》にいきましょう」

「どの指で弾いても同じじゃないのか？」

指の弾き方で何が変わるのか想像ができず、アグリは首を傾げながらそう口にした。

「それがそうでもないのです。それではお伝えしていきますね」

そんなアグリに笑みを向けながら、トーヤは基本の指使いについて説明を始めた。

「最初に、下の四つの珠を上げる時は親指を使います。次に、上げた四つの珠を下げる時は人差し指を使います。最後に、上の一つの珠を動かす時も人差し指を使う。それだけです」

「……え？　それだけなのか？」

「それだけです」

アグリはもっといろいろとルールがあるのだと思っていたため、驚きの声を上げた。

トーヤは小さく笑いながら続ける。

「今お伝えしたことを意識して、実際に珠を弾いてみましょうか」

トーヤがそう口にすると、アグリとブロンは目の前に置いてあったそれぞれのそろばんの珠を弾き始めた。

頭の中で数字を思い浮かべながら、トーヤが口にした通りに珠を弾いていく。

「……なるほどのう、そういうことか」

すると早速、ブロンが何かに気づいたように呟いた。

「どうしたんですか？」

アグリも何度も珠を弾いているものの、どういうことか分からずブロンへ問い掛けていた。

「最小限の動きで、珠を弾けるということじゃな？」

「その通りです」

「え？　そうなのか？」

ブロンの答えは正解だったのだが、それでもアグリは首を傾げていた。

「言葉で簡単に説明してみましょうか」

トーヤは笑みを浮かべながら、自分のそろばんを使って説明を始める。

「もしも一足す九をするとしたら、最初に一を親指で弾きます」

説明しながらトーヤは親指で下の珠を一つ上に弾く。

「そのあとに九を足すとしたら、一〇を親指で上に弾きながら、一を人差し指で下に弾きます」

そう口にしながら、一〇の位と一の位の珠を同時に弾いて見せた。

「……おぉ、本当だな！」

「使う指を逆にしてみると、やり難《にく》いことが分かりますよ」

トーヤの言葉にアグリが試してみると、すぐに苦い顔をした。

「……指がこんがらがるな」

「ふむ、次の動きがやり難くなるのう」

「そういうことです。なので、基本の指使いは大事なのですよ」

指使いの大切さを二人が身をもって知ったところで、トーヤは次のコツを口にする。

「次に大事なことは、姿勢です」

「「……姿勢？」」

今回はアグリだけではなく、ブロンも首を傾げていた。

「意外と重要なのですよ？　右手と左手の位置や、そろばんやペンの使い方に間違いがあると、そろばんを弾く動作に時間が掛かったり、計算自体が遅くなることがあります。何より、姿勢が悪いと集中力が切れたり、疲れやすくなってしまうのですよ」

「ふむ、珠を弾く動作や、計算が遅くなるかどうかは試してみなければ分からんが、集中力が切れやすくなるというのは、分かるかもしれないねぇ」

「変な姿勢でダラダラしてたら疲れるもんなー」

ブロンとアグリは納得したように頷いている。

「そして、最後のコツは、練習の時に制限時間を設《もう》けてやることです」

「ほほう！　それは面白そうだね！」

「俺、まだ珠を弾くのが遅いんだけど……」

笑みを浮かべたブロンとは異なり、アグリは不安そうに少しばかり暗い表情になる。

「最初から上手くできる人などいませんよ、アグリ君」

「わしらは誰かと競《きそ》っているわけではない。自分のペースで上達すればいいんだよ」

トーヤとブロンの励《はげ》ましを受けて、アグリは徐々に表情を和《やわ》らげた。

「……そっか。そうだよな」

「そうだとも」

「大事なのは、真剣に練習することです。先ほどのコツを意識しながら、実際にやっていきましょう。アグリ君もいいですか？」

「……分かった！　俺もやるよ！」

そう言って胸を張るアグリを見て、トーヤは微笑んだ。

トーヤは以前パズルを教えた時から、アグリは非常に賢いと感じている。

アグリはコツを一つ見つけると、そこからの成長が非常に速いのだ。

しかし、彼は周りの友達に恵まれず、よくバカにされていたため、自分のことを過小評価しがちだ。

アグリにはそろばんを通して、自分に自信を持ってもらいたいと、トーヤは内心で思っていた。

「それでは、まず私が数字を伝えますので、それをそろばんで弾いてみてください。そして、弾き終わったら合図をしてください。合図を確認したら、次の数字を伝えるのでそれを足す。これを繰り返していきましょう」

「分かったよ」

「おう！」

やる気満々な二人を見て、トーヤは満足気に頷いた。

その後、基本の指使いに慣れてもらうため、小さな数字を口にしていく。

アグリとブロンは言われた通り、そろばんで計算を始めた。

最初こそ指使いのイメージができていたブロンが指をスムーズに動かし、アグリはたどたどしい動きを見せていた。

しかし、呑《の》み込みが早いのはアグリの方だった。

時間を掛けるにつれて指使いがスムーズになっていき、小さな数字の計算であれば彼の方が早く計算できるようになっていった。

その後、何セットか練習を続け、アグリは呟く。

「……よし、できた！」

「ほほう！　速くなったじゃないか、アグリ」

「へへへへ、ありがとうございます！」

ブロンに褒《ほ》められたのが嬉しく、アグリは満面の笑みを浮かべた。

トーヤもアグリを見つめて口を開く。

「アグリ君は本当に呑み込みが早いですね」

「そうか？」

「そうですよ。きちんと姿勢も意識していたようですし、教え甲斐《がい》がありますね」

「……ありがとな」

年上のブロンとは違い、同年代のトーヤから褒められるのは、どこか恥ずかしいのだろう。

アグリは照れたようにお礼を口にした。

「二人とも、珠を弾くのに慣れてきたようですし、そろそろ制限時間を設けてやってみましょう」

褒められてやる気を出しているアグリを見て、トーヤは最後のコツ、制限時間を設けての計算を実践《じっせん》させることにした。

「マジで？」

「マジです」

しかし、トーヤの言葉を耳にすると、アグリの表情は一瞬で難しいものになってしまった。

フォローするように、ブロンとトーヤが声を掛ける。

「失敗は付きものだよ、アグリ」

「アグリ君はすぐに自信を失ってしまうのが、悪い癖ですね」

「し、仕方ねぇだろ！　……自信なんて、ねぇんだから。でも……」

少しだけ声を荒らげたアグリだったが、徐々に声のトーンは下がっていった。

だが、今回の言葉はそれだけで終わらなかった。

「……そろばんを頑張ったら、姉ちゃんの仕事を手伝えるかもって思ってるから、頑張る！」

すぐに表情を引き締め直し、顔を上げてそう口にしたアグリ。

そんな彼の表情を見たトーヤとブロンは少しばかり驚いたものの、すぐに笑みを浮かべて大きく頷いた。

「それでは始めましょうか！」

「おう！」

「頼もしい返事だね」

「まずは――一から一〇〇までの数字を順番に足していきましょうかね！」

「え？　……えええええぇぇっ!?」

満面の笑みを浮かべながらトーヤがそう口にすると、アグリは何度も瞬きを繰り返したあと、驚きの声を上げた。

「おや？　どうしたのですか、アグリ君？」

「い、一から一〇〇って、無理に決まってんだろうが！」

「そんなことはありませんよ？　ただ、足すだけなのですから」

「だからそれができないって言ってんだよ！」

「まあまあ、試しにやってみてください。ブロンさんも仰っていたではありませんか、失敗は付きものだとね！」

「失敗する前提《ぜんてい》ってことじゃねえかよ！」

普段と変わらない笑みを浮かべているトーヤと、怒鳴り声を上げるアグリ。

そんな二人のやり取りを、ブロンはとても楽しそうに眺めている。

その後もアグリは文句を言っていたが、一度挑戦してみるということで、最終的には納得した。

「それでは、時間はどれだけ掛かっても構いませんので、まず一度やってみましょうか」

トーヤの言葉を聞き、アグリは首を傾げる。

「あれ？　制限時間を決めるんじゃないのか？」

「その制限時間の目安を知るために、お二人がどれだけの速度で計算ができるかを確かめたいのです」

「なるほどのう。あまりに無理な制限時間を設けても、やる気が削《そ》がれるだけだからね。どれ、少しだけ待っておきなさい」

トーヤの意図を理解したブロンはそう口にすると一度席を立ち、商品棚の方へ歩き出した。

どうしたのかとトーヤとアグリが見ていると、ブロンは一つの商品を手に戻ってきた。

「時間を測《はか》りたいなら、普通に時計を見てもいいが、折角だしこれを使ったらどうかね？」

「おぉっ！　砂時計ではないですか！」

ブロンがカウンターに置いたもの、それはトーヤが口にした通り、砂時計だった。

「なんだ？　砂時計って？」

「先日やってきた商人が売ってくれたものさ。砂が下に落ち切ったところで五分になるよ」

「いいですね！　ありがとうございます、ブロンさん！」

お礼を口にしたトーヤは、砂時計を手にすると、懐かしそうに眺め始めた。

(以前見たルービックキューブに続いて、まさか砂時計までこちらで拝見することになるとは……感慨深《かんがいぶか》い気分になりますね)

一人でそんなことを考えていると、アグリとブロンが開始を待ちわびていることに気づき、トーヤは気を取り直した。

「ごほん！　……そ、それでは始めましょうか。先ほど言った通り、今回は制限時間は設けず、どれくらい計算に時間が掛かったか調べる形で行いましょう」

トーヤがそう口にすると、アグリは少し安心したようにホッと胸を撫で下ろした。

その様子を見て、トーヤがニヤリと笑う。

「ですが、正確な結果を知らないと適切な制限時間を決められませんので、最初の計算も真剣に取り組んでくださいね」

「と、当然だ！　よーし、見てろよ！」

「年甲斐もなく、良い結果を出したくなってきたよ」

トーヤの言葉を聞き、やや不安そうながらもやる気を見せるアグリ。

そして、ブロンも楽しみといった様子で笑みを浮かべていた。

トーヤはその光景を見て、いくつになっても向上心さえ失わなければ、人は成長することができるのだと感じた。

トーヤは改めて二人に真剣にそろばんを教えようと思いつつ、口を開く。

「それでは——始め！」

合図とともにアグリとブロンがそろばんを弾き始めると、パチパチと小気味よい音が店内に響き出した。

それと同時に、トーヤがひっくり返した砂時計から砂が落ち始める。

ブロンもアグリも順調に珠を弾いていたのだが、徐々に二人の速度に差が生まれ、気づけばアグリの指の動きはゆっくりになっていた。

それでもアグリは自分のそろばんに意識を向けており、正確に計算をしようと集中している。

そんなアグリの姿を見て、トーヤは大きく頷いた。

ここで無理にブロンの速度に合わせようとすると、どこかで計算を間違えてしまう恐れがある。

時間が掛かっても正確に計算を行おうとしているアグリを素晴らしいと思ったのだ。


そのまま時間が過ぎ、トーヤが何度か砂時計をひっくり返した後で、ブロンの指が止まった。

「……終わったよ」

そう口にしたブロンにトーヤが小さく頷く。

しかし、アグリが集中したまま手を動かし続けていたため、トーヤもブロンもそこから何かを言うことはなかった。

そのまま時間が過ぎ、今度はアグリが元気よく答える。

「…………終わった！」

「お二人とも、お疲れ様でした」

トーヤは二人に労いの言葉を掛けると、最初にそれぞれのそろばんに示されている答えを確認することにした。

「……素晴らしいですね。お二人とも大正解、答えは五〇五〇です」

その言葉を聞いたブロンは柔和な笑みを浮かべ、アグリはガッツポーズをした。

トーヤは二人の様子を微笑んで見ながら続ける。

「それで、掛かった時間ですが、ブロンさんは砂時計が二回と半分程落ちたタイミングで終わったので、一二分くらいですね」

「うーむ、そんなに掛かってしまっていたか」

「後半、数字が大きくなってきたところで、指の動きが遅くなっていましたからね。ですが、十分に速いと思います。今日までにも結構そろばんに触れていたのではないですか？」

トーヤがそう口にすると、ブロンは笑いながら頷いた。

「一人の時や、顔見知りのお客さんが来た時にそろばんをいじっていたからね。相手からは不思議がられたものだよ。そうそう、砂時計を売ってくれた商人も興味深そうにそろばんを見ていてね、売ってほしいと言っていたよ」

「そうなのですか？」

「あぁ。だが、売らなかった。これはわしではなく、トーヤのアイデアで出来たものだからね」

ブロンはそう説明しながら、そろばんを嬉しそうに撫でた。

「そうだったのですね。ですが、売っていただいても構いませんよ。ブロンさんなら簡単に量産できると思いますし、私はアイデアを出しただけですからね」

「そうかい？　そういうことなら、悪いようにはしないよ。……ふふ、久しぶりに商業ギルドにもお世話になるかもしれないね」

「どうしてですか？」

「それは内緒だ。ほら、そんなことよりアグリが自分の時間を気にしているようだよ」

ブロンの発言が気になったものの、トーヤはそう言われアグリへ視線を向ける。

するとアグリがじーっとこちらを見ていたため、気を取り直して彼の方へ向き直った。

「失礼いたしました、アグリ君」

トーヤが謝罪の言葉を告げると、アグリは無言で首を横に振る。早く結果が聞きたいのだ。

「アグリ君は砂時計が三回と半分程落ちたタイミングでしたので、一七分くらいでした」

「一七分……ブロンさんと五分も差があるのか」

自分の掛かった時間を聞いたアグリは、落ち込みながら小さくため息を吐いた。

しかし、ブロンとトーヤは驚きながら笑みを浮かべる。

「ほほう！　それはとても速いねえ！」

「そうですね。これはさすがに私も驚きました」

「……速くないだろ？　だって、ブロンさんより五分も遅いんだぞ？」

二人の反応を見て、アグリは首を傾げた。

トーヤたちは続ける。

「いえいえ、これはとても良い結果ですよ、アグリ君」

「少し前まで計算をしたことがなかったアグリの結果が、鑑定士として長く働き、計算に慣れていたわしと五分しか違わないんだ。誇《ほこ》っていいと思うよ」

「そうなのか？　……よく分かんねぇけど、良い結果ならいっか！」

アグリはしばらく首を傾げたままだったが、褒められていることが分かると、最後には破顔《はがん》した。

その様子を見て、トーヤも笑みを浮かべると、口を開く。

「それでは、次からの制限時間ですが、分かりやすくブロンさんは一〇分、アグリ君は一五分を目標にしてみましょう」

「なあ、トーヤ。他に上達するコツはないのか？」

早く上達したいため、アグリはそんなことを口にした。

「上達のコツは最初にお伝えした三点を守ることです。それ以外であれば……」

「それ以外なら？」

「……焦《あせ》らずコツコツ、練習あるのみです」

「………………なんだよ、それ〜！」

トーヤの言い方に冗談っぽく頬を膨《ふく》らませたアグリだったが、「まぁ、簡単に上達できるわけないか」と呟き、すぐに視線をそろばんへ向ける。

そして、姿勢を整えてから再びトーヤを見た。

「早くやろうぜ！　時間が勿体《もったい》ないしな！」

「それもそうですね。ブロンさんもよろしいでしょうか？」

「あぁ、構わんよ」

こうしてトーヤのそろばん教室は、昼まで続いたのだった。

最初に昼食の時間を過ぎていることに気づいたのは、ブロンだった。

「そういえば、トーヤにアグリ、お腹は空いていないかい？」

窓から差し込む太陽の光の角度を見て、ブロンが尋ねた。

「おや？　もうそんな時間でしたか」

「あっ！　腹減った！」

トーヤもアグリも、改めて言われてみると、自身が空腹であったことに気がついた。

ブロンは微笑みながら言う。

「二人が来るということで、いろいろと食材を用意してあるんだよ。わしが作ってあげよう」

「やったー！　ありがとうございます！」

「なんだか申し訳ございません、ブロンさん」

子供らしく喜びを露《あら》わにしたアグリとは異なり、トーヤは申し訳ない気持ちが先行した。

「ほほほほ。子供がそのようなことを気にするものじゃないよ」

ブロンは笑みを崩さず、トーヤの頭を優しく撫でると、椅子から立ち上がりカウンターの奥へと歩き出す。

「二人もこっちにおいで。休憩がてら、食事にしよう」

「行こうぜ、トーヤ！」

「ありがとうございます、ブロンさん」

手招《てまね》きするブロンに連れられ、トーヤとアグリは初めてなんでも屋のカウンター奥へ向かう。

すると、そこは広めの台所に繋がっており、食事をするためのテーブルも置かれていた。

そのテーブルの上には、多くの食材や調味料が置かれている。

さらにその奥には二階へと続く階段があり、生活感が見て取れた。

「さて、それじゃあ始めるかな。とはいえ時間も時間だ、簡単に作れるものにしてしまおうか」

「お手伝いいたします、ブロンさん」

ブロンが料理を始めようと腕まくりをすると、トーヤが隣でそう口にした。

「おや？　トーヤは料理ができるのかい？」

「少しですが」

「トーヤは料理めっちゃ上手ですよ！　俺も前作ってもらったけど、美味しかったですし！」

アグリは無邪気な様子でそう語った。

しかし、トーヤは気恥ずかしそうに頬を掻く。

「褒めすぎですよ、アグリ君。あれは野菜を切って、卵を焼いてパンで挟《はさ》んだだけです」

「それでも美味しかったんだからすげーよなー！」

アグリがその後も褒め続けるので、トーヤは照れくささを誤魔化すようにブロンを見つめる。

「アグリ君は私を過大評価しているのですが、簡単な料理であればできますよ」

「そうかい？　それなら手伝いをお願いしてしまおうかね」

「この前の料理を作ってくれよ！　サンドイッチだっけ？」

アグリが思い出したように言うが、トーヤが困ったように口を開く。

「アグリ君、私はあくまでブロンさんのお手伝いですよ？」

「ほほ！　トーヤよ、サンドイッチとはなんだい？　わしも気になるな」

ブロンも興味津々《きょうみしんしん》と言った様子で尋ねてきた。

トーヤは苦笑いを浮かべながら説明する。

「そうですね……パンを切って、その間に具材を挟んで食べる料理です。シンプルな物ですよ」

「ほほう！　そうか！　では、わしはわしで料理を作るから、トーヤはそのサンドイッチを作ってくれるかい？　わしも興味があるからね」

「えっ!!　ちょっと、ブロンさん!?」

「やったー！」

まさかここでもサンドイッチを作る羽目になるとは思わず、トーヤは驚きの声を上げた。

その横ではアグリが歓喜《かんき》の声を上げており、ブロンも笑みを崩すことなく何度も頷いている。

トーヤは呆れたように小さく息を吐くと、どうせ作るなら全力で挑もうと心に決めた。

食材の前に移動すると、トーヤは口を開く。

「それでブロンさん、どの食材を使って良いでしょうか？」

「ここに用意されているものであれば、どれを使っても構わないよ」

「なあ、トーヤ？　俺、肉がいい！」

アグリの言葉を聞き、トーヤは視線をブロンに移す。

「構わんよ。お肉も使いなさい」

「……かしこまりました」

少しは遠慮した方が良いかなと思ったトーヤだったが、ここでもブロンが寛容《かんよう》だったため、これ以上何か言うことはやめにする。

そして、テーブルの上に視線を向けた。

（お肉ですか……ここは一つ、鑑定スキルの出番ですね！）

ブロンが用意してくれた食材の中には、三種類のお肉が並んでいる。

なんのお肉なのか、どこの部位なのかでも、どのように焼き、味付けするべきか変わってくる。

そのため、肉の状態や種類を知るため、トーヤは肉をまじまじと見つめ、鑑定していく。

（……あちらは牛肉ですね。こちらは鳥肉ですか。この辺りは前世と変わらないのですね。そしてあちらは……ん？　オーク肉？）

トーヤが首を傾げたところで、鑑定スキルがさらに詳細な情報を表示する。

（……ほほう、オークとは豚に近い生き物なのですね。しかもなかなかに高級なようです）

「あっ！　オーク肉じゃん！　珍しいんだよな！」

すると、アグリもトーヤの視線の先を見て、声を発した。

二人の様子を見て、ブロンが言う。

「ふふ、二人ともオーク肉に興味があるようだね。トーヤ、サンドイッチというものは、オーク肉で作っても問題はないかな？」

「えっと、作れはしますが、私が使ってしまってもいいのでしょうか？　オーク肉というのは、高級なお肉なのですよね？」

本当に自分が使っていいのかとトーヤが確認を取ると、ブロンは大きく頷いた。

「もちろんだよ。トーヤがどのようにオーク肉を調理するのか、楽しみだね」

「あ、あまり期待はしないでくださいね？」

遠慮気味にそう口にしながらも、ブロンからの許可が下りたことで、トーヤはオーク肉を手に取った。

（さて……高級な肉を扱うというのは緊張しますね……）

日本で生きていた頃から高級なお肉とは縁遠かったトーヤは、どのように調理するべきかをドキドキしながら考える。

（豚肉といえば、という料理は思いつきますが、それをサンドイッチの具にしてもいいものでしょうか？　……いえ、薄味で水分の少ないスフィアイズのパンだからこそ、ありかもしれませんね！）

正直なところ、トーヤはスフィアイズの食事に諸手《もろて》を挙《あ》げて満足しているわけではなかった。

それは味付けが日本とは全体的に異なることに加え、何より主食のパンがパサパサであるからだ。

食べるたびに口の中の水分を持っていかれてしまうのである。

しかし、そのパンだからこそ、汁気《しるけ》の多い料理とも合うのではと考えたのだ。

パンに挟む料理の目ぼしを付け、トーヤはオーク肉以外の食材にも目を向ける。

（葉野菜に、玉ねぎに近い食材もありますし、あとはスパイスもありますね。どうやら食材は問題なさそうです。あとは調味料なのですが……）

トーヤの視線が食材から調味料が並べられている一角《いっかく》へ移動する。

（おぉ、こっちも問題なさそうです。塩コショウもありますし、醤油やみりんに似ている調味料もあります。これほど様々な調味料が置いてあるなんて、さすがはなんでも屋ですね）

トーヤは必要な食材と調味料を手に取ると、台所に向かった。

彼が作ろうとしているのは、生姜焼《しょうがや》きをイメージした料理である。

（刻《きざ》んだ葉野菜をパンに敷《し》き、その上に濃い目の味付けをした生姜焼きを載せて、挟んで食べる……想像しただけでも美味しそうです！）

トーヤはそんなことを考えながら調理に入っていく。

まずはオーク肉の塊を、歯ごたえを残すため、少しばかり厚みを持たせながら包丁でカットしていく。

オーク肉を切り終わると、次に玉ねぎに似た野菜を繊維《せんい》に沿《そ》って切り進めていった。

（こうやって切った方が食感が残って美味しいのですが……まぁ異世界の食材に意味があるか分かりませんね）

内心苦笑いを浮かべながら、野菜を切り終えるトーヤ。

続いて、大きめの器に用意した調味料と、酒、スパイスを入れ混ぜ合わせていく。

すると、自分用の食材を持ってトーヤの隣に来たブロンが尋ねる。

「それはタレかな？」

「そうです。ここに薄く切ったオーク肉と野菜を入れて、全体にタレを付けていきます」

ブロンの問い掛けに答えながら、トーヤはタレにオーク肉と野菜を入れると、下から上に持ち上げるようにして混ぜ込んでいく。

「タレの匂いだけでも美味しそうだが、このまま焼いていくんだね？」

「その通りです。今回はパンに挟んで食べるので、少し濃い目の味付けにしようと思うのですが、問題はないでしょうか？」

「わしは構わんよ。アグリはどうだい？」

「なんでもいい！　美味そうだからな！」

いつの間にか二人の後ろにいたアグリも笑顔で答えた。

ホッと胸を撫で下ろしたトーヤは、フライパンに油を敷いてから、火の魔導具を応用して作られたコンロに火を点《つ》ける。

それと入れ替わるように、ブロンも自分が用意した食材を切り始めた。

トーヤはその様子を横目に見ながら、フライパンが温まったのを確認すると、器に入ったタレとオーク肉を一気に流し込んだ。

――ジュウウウウウゥゥ。

タレが一気に熱せられ、気泡《きほう》ができては消えていく。

火力を強火から中火に変えて、オーク肉やタレが焦《こ》げてしまわないよう、気をつけながら炒《いた》めていく。

三人は鼻から香ばしい匂いの湯気《ゆげ》を一気に吸い込んだ。

「……ヤベェ、涎《よだれ》が出てきた」

「ほほ！　年甲斐もなく興奮してきたよ！」

「このまま炒めて、もう少し具材に火を通します。あとは好きにパンに挟んでもらえれば完成ですね」

火力を弱火に変えてからもじっくりと炒めていくトーヤ。

その横でブロンも食材を切り終え、次の工程《こうてい》に移る。

フライパンと水を張った鍋を用意し、空いているコンロの上に置いて火を点けた。

ブロンが作り始めたのは野菜炒めと汁物である。

野菜炒めに関しては、新鮮な素材の味を活かすため、味付けは軽く塩を振って炒める程度だ。

そして汁物も、食材を入れ、煮るところまでは普通だったのだが、その後、鍋に入れられた物がトーヤの興味をそそった。

（この匂い――お味噌《みそ》に似ています！　ということはこちらの汁物は、お味噌汁ということでしょうか!?　こんなものまであるなんて！）

トーヤは内心驚きつつも、ゴクリと唾《つば》を呑み込んだのだった。


こうして調理が終わり、それぞれの器に料理が盛られていく。

トーヤが作った生姜焼きは大皿に盛られており、各々がテーブルでパンに挟んでいくスタイルになっている。

「早く食べようぜ！　お腹が鳴り過ぎてヤバいって！」

「わしも空腹だ」

「私もです。それではいただきましょうか！」

アグリ、ブロン、トーヤは口々にそう言うと、食事用のテーブルに座った。

最初に手を伸ばしたのはアグリで、伸ばした先はもちろん生姜焼きだ。

カット済みのパンには肉を焼いたあとに用意された千切りの葉野菜がこれでもかと載せられており、アグリはそこへ生姜焼きを大量に盛っていく。

「アグリ君、そんなにたくさん挟めますか？　溢《あふ》れませんか？」

「大丈夫！　溢れても食べるからな！」

ものすごい食い意地を見せるアグリに苦笑しながら、彼が盛り終わると次にブロンが手を伸ばす。

「なんとも食欲を誘う香りだこと。わしもいただこうかな」

ブロンはアグリほどではないものの、それでも年齢には似つかわしくない量の生姜焼きを、パンに載せて挟んでいく。

自身でも食べきれるか分からないという量に、トーヤはやや驚きの表情を浮かべた。

「さあ、次はトーヤだよ」

「ありがとうございます、ブロンさん」

取り分け用のフォークを渡され、トーヤも自分が焼いた生姜焼きをパンに盛っていく。

万が一にも満腹で味噌汁が食べられなくなるのを防ぐため、少な目に盛るトーヤ。

するとアグリが不思議そうな顔をしながら声を掛けてくる。

「あれ、トーヤはそれだけでいいのか？」

生姜焼きを載せた大皿には、僅かではあるが残りがあった。

トーヤはブロンと顔を見合わせクスリと笑い、口を開く。

「アグリ君、足りないですか？」

「余ったら食べたい！　まだ食べてないけど！」

「構わないよ。たくさん食べたらいい」

「やったね！　それじゃあいただきます！」

満面の笑みを浮かべたアグリは、大きな口を開けて生姜焼きを挟んだサンドイッチを頬張《ほおば》った。

「……！　…………!!」

あまりの美味しさに、最初は言葉が出てこず、何度も咀嚼《そしゃく》を繰り返していたアグリ。

「……めっちゃ美味い！」

頬張った全てを呑み込むと、サンドイッチを見つめながら歓喜の声を上げた。

ブロンも笑みを浮かべながら、生姜焼きサンドイッチをゆっくりと味わっていく。

「……ほほう！　これは本当に美味しいねえ！　今まで食べたことがない味わいだよ！」

「きっと素材がよかったのでしょう。何せ高級なオーク肉ですからね」

二人が美味しそうにサンドイッチを頬張っている姿に嬉しくなりながら、トーヤもサンドイッチを食べていく。

厚めに切ったオーク肉にはしっかりと歯ごたえが残っており、噛《か》むたびに肉の旨味《うまみ》が口の中へ広

がっていく。

玉ねぎに似た野菜は熱を入れたことで甘味がふんだんに出ており、オーク肉の旨味と合わさって味の深みを増している。

それだけではなく、一緒に炒めたタレの味わいが完璧に調和しており、何度噛みしめても飽きがこない味付けになっていた。

トーヤはサンドイッチを食べながら考える。

（タレを多く使った濃い味付けは正解でした。タレがパンに染み込んでパサパサ感を良い感じに失《な》くしてくれていますね。それに薄味のパンとよく合います）

絶品《ぜっぴん》のサンドイッチを前に、トーヤたちは会話をするのも忘れ、一心不乱《いっしんふらん》に食べ進めていった。

「……もう食べちまった」

最初に食べ終わったのはアグリだった。

人一倍の量を盛っていたアグリだが、あまりの美味しさに口の中一杯に頬張って、一気に呑み込んでしまっていたのだ。

「ほれ、このパンに残りを挟んでしまいなさい」

「いいんですか！」

「構わないよ」

ブロンが別のパンを切ってからアグリに手渡すと、彼は嬉しそうに受け取った。

アグリはルンルン気分で残りの生姜焼きをパンに挟み、そのままの勢いで口に運ぼうとしたのだが——その手は急にピタリと止まった。

「……どうしたんだい？」

突然食べるのを止めてしまったアグリを心配して、ブロンが声を掛けた。

「……あの、ブロンさん。このサンドイッチ、姉ちゃんに持っていってもいいですか？」

「フェリ先輩にですか？」

アグリのお願いに思わず声を漏らしたのはトーヤだった。

「うん。このサンドイッチ、めっちゃ美味しいからさ。仕事終わりの姉ちゃんにも食べてもらいたいんだ」

「しかし、仕事終わりということは、家で夕食の準備もされているのでしょう？」

トーヤの言葉に、アグリは「あっ、そっか」と言い、難しい顔で小さく頷いた。

そんなアグリを見かねてか、ブロンが柔和な口調で答える。

「そこまでの量じゃないし、いいんじゃないかな。それにこれだけ美味しい料理を食べたなら、大事な人と共有したいと思うのは当然さ」

「そこまで褒められると、照れてしまいますね。確かにオーク肉のおかげでとても美味しくなりましたが……」

トーヤの言葉にアグリは呆れたようにため息を吐く。

「お前なー、トーヤ、マジでこれめっちゃ美味いからな！　あれだ、タレがめっちゃ美味いんだよ！」

「おそらくだが、オーク肉でなくとも、あのタレがあればとても美味しい料理になっただろうね」

「お二人とも、褒めすぎですよ」

トーヤからすれば馴染《なじ》みの味付けだったのだが、アグリとブロンからすれば、トーヤが作ってくれた生姜焼きは、初めて食べる絶品の料理だった。

トーヤは喜んでもらえたことに満足しつつ、目の前に置かれた別の器を見る。

「さて、それでは私はこちらのお味噌汁をいただくとしますかね」

「オミソシルってなんだ？」

生姜焼きよりも味噌汁を早く飲みたいと思っていたトーヤが何気なく呟くと、アグリが首を傾げながらそう口にした。

「おっと、私の故郷にこちらと似た汁物があり、間違えてしまいました」

「そうなのかい。これも砂時計を売ってくれた商人から買ったんだよ。気に入ってもらえるといいんだけどね」

ブロンの言葉を聞いた後、トーヤは自身の故郷の話が広がるのはマズいことに気がついた。

トーヤはこれ以上話が広がらないことを願いながら口を開く。

「とても美味しそうです。では早速いただきます」

ズズズと音を立てながら味噌汁をすすると、思い描いていた通りの味わいがトーヤの口の中へ広がった。

（……あぁ、懐かしいですねぇ）

器を離したあとのトーヤの、安心したような表情を見て、思わずアグリが口を開く。

「そんなに美味しいのか？　不思議な色だけど……」

アグリは恐る恐るといった感じで味噌汁をすすり、その味わいに驚きの声を上げる。

「ん？　なんだろう⁉　初めて食べたけど、なんか美味しいな！」

「……そうですよね。とても美味しいですよね」

アグリの反応が気になっていたトーヤは、少し遅れて返事をした。

ブロンも落ち着いた様子で味噌汁をすすっていた。

（……故郷の話にはならなそうですね）

内心でホッとしながら、トーヤは再び味噌汁をすすっていく。

「うおっ！　こっちの野菜炒めも美味しいぞ、トーヤ！」

いつの間にか野菜炒めを食べていたアグリの感想を聞き、トーヤも急いで手を伸ばす。

「どれどれ。……うん！　とても美味しいです、ブロンさん！」

素朴《そぼく》でありながら、野菜の味がしっかりと感じられる薄い味付けに、トーヤは野菜炒めを頬張りながら自然と笑みを浮かべてしまう。

「美味しいかい？　それはよかったよ」

以降の昼食も楽しい時間が続き、会話も盛り上がった。

そして食事が終わった後、アグリはブロンから包み紙を貰うと、丁寧にサンドイッチを包み、笑顔でそれを鞄へしまうのだった。

昼食を終えたトーヤたちは少しお腹を休めたあと、そろばん練習を再開した。

やることは同じだったが、気力十分といった感じでアグリは気合いを入れて取り組み、ブロンも黙々とそろばんを弾いている。

途中、客がやってくることもあったが、ブロンは会計に早速そろばんを使っていた。

そうしてあっという間に日が暮れ、今日のそろばん教室は終わることになった。

なんでも屋を出たあとでアグリと別れ、一人で帰路についていたトーヤは呟く。

「……この分であれば、お二人のそろばんの腕もすぐに上達するでしょう」

今日のアグリとブロンの成長具合を考えれば、あとは数をこなせば順調に成長するとトーヤは感じていた。

(また機会があれば、そろばん教室を開けたらいいですね。きっといい刺激になるでしょう。いや、二人がそろばんに慣れてきたら、フラッシュ暗算で競わせてみてもいいかもしれませんね。ふふ、そろばんを教えるのが、さらに楽しくなりそうです)

そんなことを考えながら、宿に向かうトーヤ。

こうして、トーヤは充実の休日を過ごしたのだった。

◆◇◆◇第三章：トーヤ、出張鑑定に行く◇◆◇◆

翌日、トーヤは出勤して早々に、職場の同僚であるフェリから声を掛けられた。

「トーヤ君！　あのお料理、とっても美味しかったわ！　私、感動しちゃった！」

「……あ、サンドイッチですか？」

最初はなんのことだろうと考えたトーヤだったが、アグリがサンドイッチをフェリに食べさせたいと言っていたことを思い出した。

「そう、それよ！　あんなに美味しいお料理を食べたのは初めてだわ！　トーヤ君が作ってくれたんでしょ！」

「素材がよかったのですよ。何せオーク肉でしたからね」

大興奮のフェリに落ち着いてもらおうと、トーヤは苦笑しながらそう口にした。

「あっ、そういえばそうだったねー。まさか挟まれているのがオーク肉だとは思わなかったわ！　ブロンさんにも何かお礼をしないといけないなぁ」

先日から褒められ続け、さすがに照れくさくなっていたトーヤは、フェリの思考がブロンへのお礼に移り安堵《あんど》していた。

しかし、周囲の視線が自分に集まっていることに気がつくと同時に、「トーヤ君って料理も上手いんだ……」という誰かの呟きも耳にした。

自分では得意と思っていない料理の面で注目されており、どこか落ち着かないトーヤ。

すると二階からジェンナが姿を見せた。

「トーヤ、ちょっと二階に来てくれるかしら？」

好都合だと思ったトーヤは急いで返事をする。

「おはようございます、ジェンナ様。それではフェリ先輩、私は一度失礼いたします」

「あ、うん！　いってらっしゃい！」

フェリが軽い感じでそう告げると、トーヤは会釈をしてから二階へと上がり、そのままジェンナと共に彼女の部屋へ入った。

「やっほー、トーヤ君」

「おや？　リリアーナさんもいらっしゃったのですね。おはようございます」

部屋の中には商業ギルドの副ギルドマスターであるリリアーナもいた。

トーヤはジェンナに案内されるまま、部屋の中央に置かれているソファへ腰掛けた。

「営業開始時間も迫っていることだし、早速本題に入るわね」

リリアーナがお茶を出してからトーヤの隣に腰掛けると、ジェンナが口を開いた。

「三日後、リリアーナと一緒に出張鑑定へ行ってほしいの」

「……出張鑑定ですか？」

ジェンナの言葉を聞いたトーヤは、聞き返しながら首を傾げた。

「出張鑑定っていうのはね、商業ギルドから出て、別のところで鑑定を受け付けることよ」

トーヤの疑問には、リリアーナが答えた。

「ほほう。しかし……それに何かメリットがあるのですか？　あっ、もしや、ラクセーナの外に出て新規のお客様を獲得するのですか？」

商業ギルドでは、誰の持ち込みであろうと鑑定を受け付けている。

しかし客層はラクセーナ内の商人や冒険者が多く、それ以外の人たちが来るのは稀《まれ》だ。

リリアーナが小さく笑いながら答える。

「うーん、惜しいけど、行く場所が違うのよねー」

「どちらに行くのですか？」

「ラクセーナの中央区よ」

「中央区……冒険者ギルドへ向かう時に通ってはいますが、しっかりと見たことはないですね」

ラクセーナは東西南北、そして中央の五つの区画に分かれている。

商業ギルドがあるのは西地区で、泊まっている宿も同じ地区にあるため、トーヤの行動範囲は西地区に集中していた。

「中央区は主に住宅街ね。リリアーナの家も中央区寄りの西地区にあるわよね？」

補足するようなジェンナの言葉を聞き、トーヤは過去にリリアーナの家にお邪魔したことを思い出した。

「言われてみれば……おや？　そういえば、フェリ先輩のお家も中央区寄りでした。なるほど、住宅街に近かったのですね」

トーヤが納得した様子で頷いていると、リリアーナが説明を続ける。

「中央区で出張鑑定をするのは、鑑定カウンターをよく利用する冒険者や商人以外の人たちが多くいるからってわけ。その人たちに商業ギルドを利用してもらって、馴染みを持ってもらうって狙いがあるのよ」

「なるほど、そういうことでしたか」

「ちなみに、ちゃんと出張手当が出るわよ？　それに、翌日は休みになるの」

ジェンナの言葉を聞き、トーヤは笑みを浮かべる。

「そうなのですか？　それはありがたいです」

仕事の一環《いっかん》である出張に、手当があるとは思っていなかったトーヤ。

さらに最近は休みの日も有意義に過ごしているため、休みを貰えるのもありがたいと感じた。

すると、リリアーナとジェンナが驚いたように口を開く。

「あら？　トーヤ君が休みを貰えて笑うなんてね」

「珍しいこともあるものだわ」

「お二人とも、私のことをなんだと思っているのですか？」

「「仕事の虫かしら？」」

まさか二人同時に同じ意見が飛び出すとは思わず、トーヤは複雑な気持ちになる。

その様子を見て、ジェンナは小さく笑うと、話を切り替えるように口を開く。

「それじゃあ、リリアーナは毎年、出張鑑定を担当してくれているから、分からないことがあれば彼女に聞いてちょうだいね」

「おぉ、それは頼もしいです！　よろしくお願いいたします、リリアーナさん」

「こちらこそよろしくね、トーヤ君。細かい日程は今日の仕事終わりに伝えるね」

その言葉を聞いて、トーヤは頷く。

「話は以上よ。このあとの鑑定カウンターでの仕事、よろしく頼むわね」

「はい、ジェンナ様。それでは失礼いたします」

立ち上がり軽く頭を下げたトーヤは、部屋を出て歩き出す。

そのまま一階へ戻り、鑑定カウンターの準備をしてくれていたフェリへ声を掛けた。

「お忙しいのに準備させてしまって申し訳ございません、フェリ先輩」

「うふふ。私が好きでやっていることだから気にしないで」

申し訳なさそうにトーヤがそう言うと、フェリは笑顔で返す。

「そうだ、フェリ先輩にもお伝えしておかないといけませんね」

「……もしかして、出張鑑定のことかな？」

「なんと、よくお分かりになりましたね。実は私が出張鑑定に行くことになりまして……」

「毎年、出張鑑定はこの時期だから、なんとなくね」

「なるほど、そういうことでしたか」

納得したトーヤに、フェリは続けて声を掛ける。

「出発はいつ頃になるのかな？　明日？　明後日？」

「いえ、三日後です」

「分かった。それじゃあ、その日は私が鑑定カウンターに立つから、今日から来るお客様にもそのことを伝えておいてね」

「かしこまりました」

フェリの質問にトーヤが答えていると、二階からリリアーナが下りてきた。

「朝礼を始めましょうか！」

リリアーナの号令《ごうれい》に合わせて職員がフロアに整列すると、朝礼と共にいつもの日常が始まった。

◆◇◆◇

三日後、出張鑑定の日になった。

トーヤは前日にリリアーナから、いつもより一時間ほど早く出勤するよう言われたため、余裕を持って一時間三〇分早く、商業ギルドの前に到着した。

ドアのカギを持っていないトーヤは外でしばらく待つつもりでいたが、商業ギルドの前には既にリリアーナの後ろ姿があった。

「おはようございます、リリアーナさん」

「えぇっ!!　ト、トーヤ君!?」

いつも通りに挨拶をしたトーヤだったが、リリアーナは驚きの声を上げて振り返った。

「おっと。驚かせてしまいましたか？」

「驚いたわよ！　ちょっと、早くないかしら？」

「余裕を持って出勤しようかと思いまして、三〇分早く到着しました」

トーヤからすると当たり前の行いだったのだが、リリアーナは苦笑しながら口を開く。

「私としては、余裕を持って一時間前って伝えたつもりだったんだけどなぁ」

「そうなのですか？　ですが……リリアーナさんは何か作業をしていましたよね？」

リリアーナの足元を見ながら、トーヤがそう口にした。

そこには大量の木材が積まれており、少し奥にはリヤカーも見てとれる。

「こちらはなんですか？」

「持ち込まれた鑑定品を地べたに置くわけにはいかないし、毎年簡素だけど屋台《やたい》を用意しているの。これはその骨組《ほねぐ》み。現地で簡単に組み立てられるようになっているのよ」

「こちら、どうやって運ぶのですか？」

「リヤカーに載《の》せて、引いていくのよ」

「……どなたがですか？」

「私が」

「……えぇっ!!　リリアーナさんがですか!?」

男性職員が運ぶのかと思っていたトーヤは、思わず驚きの声を上げた。

しかし、リリアーナはなんでもないように言う。

「毎年のことだし、慣《な》れたもんよー」

「そうなのかもしれませんが、さすがに大変なのでは？　どなたかにお手伝いをお願いした方がいいのではないでしょうか？」

リリアーナのことが心配になり、トーヤは提案するが、彼女はニコリと笑いながら首を横に振った。

「みんなには商業ギルドを守ってもらわないといけないからね。ここは私が頑張らないと！」

そう口にしながら、リリアーナは何枚も重なった木の板を持ち上げようと気合いを入れた。

「ちょっと待っていただけませんか！」

そこへトーヤの声が響いた。

「どうしたの、トーヤ君？」

突然トーヤが大きな声を出したので、リリアーナは驚いて準備の手を止めた。

しばらく無言の時間が続いたあとで、トーヤは小さな声で言う。

「……あの、ずっと黙っていたことがあるのです」

「どうしたの？」

あまりに神妙な顔をしているトーヤを見て、リリアーナは顔だけでなく、全身を彼に向けて声を掛けた。

「……私、アイテムボックスを持っているのです。ですから、この木材を入れれば持ち運びは楽になるかと」

アイテムボックスを持っていることは他人には伝えるなと、ダインたちから口酸《くちす》っぱく言われている。

それは自分を危険から遠ざけるためであることは十分に理解していた。

しかし目の前で職場の仲間が大変な思いをしている。

その光景を見て見ぬふりをすることが、トーヤには耐《た》えられなかった。

「……えっ？　ごめん、もう一度言ってくれるかしら？」

「……アイテムボックス持ちなのです」

「…………………それ、他に誰か知っている人はいるの？」

リリアーナは驚くかと思っていたトーヤだったが、彼女はしばらく放心状態になったあと、真剣な面持ちで問い掛けてきた。

「知っているのはダインさん、ヴァッシュさん、ミリカさんだけです」

「瞬光の人たちか。まあ、トーヤ君を助けてくれた人たちだし、それなら平気ね。……ギルマスは知らないの？」

「ダインさんたちから、強く口止めされたもので。教えておりません」

「……トーヤ君。ギルマスにも言っていないことを、どうして私に言うかな～」

リリアーナは困ったような笑みを浮かべながら呟いた。

「……ご、ご迷惑でしたでしょうか？」

申し訳なさそうにトーヤがそう口にすると、リリアーナは苦笑しながら優しく彼の頭を撫でた。

「ううん、大丈夫だよ。ものすごーく驚いたけど、私のためを思って教えてくれたんでしょう？」

「……はい」

リリアーナの問い掛けに頷いたトーヤは、頭を撫でられながら彼女を見る。

「うーん……それじゃあ、重たい部分だけはお願いしちゃおうかな」

トーヤの気遣いを無駄にするわけにはいかないと思い、リリアーナはそう口にした。

「全部は入れないのですか？」

「トーヤ君がアイテムボックス持ちだってバレないようにね。手ぶらで向こうに行ったのに、屋台を構えたら驚かれるでしょ。だからある程度はリヤカーに積んで、重たいものはアイテムボックスに入れてもらえると助かるかな」

説明を聞いたトーヤは納得し、頷いた。

続けてリリアーナはトーヤに顔をグッと近づけると、真剣な面持ちで口を開く。

「だーけーどー！　ほんっとうにアイテムボックスから出すときは細心《さいしん》の注意を払うからね！　瞬光の人たちの言うとおり、アイテムボックス持ちだとバレるのは危ないんだから！」

「わ、分かりました。その、ありがとうございます」

トーヤが圧を感じながら答えると、リリアーナは顔を離して小さく笑った。

「うふふ。私の方こそありがとう。でも……ギルマスには言わないの？」

これまでは話す機会がなかったが、トーヤとしては、ジェンナには伝えてもいいと考えている。

彼女はトーヤが別世界出身の人間であることを知っている数少ない人であり、トーヤは彼女を良き理解者だと感じていた。

「……近いうちに、お伝えしたいと思います」

「その方がいいと思うわ。そうしておけば、ギルマスも気を回して仕事の依頼を出すだろうしね」

「というと？」

「トーヤ君の性格を考慮《こうりょ》して、今回みたいに重い荷物を運ぶようなことには、男性職員をつかせる、とかね。そうしないとトーヤ君、またアイテムボックスを使っちゃいそうだし」

最後の方は冗談半分といった様子だったが、トーヤは少し考え返事する。

「……確かに、その通りですね」

「でしょ？　まあ、タイミングを見て伝えたらいいと思うわ」

「そうですね。そうしたいと思います」

「よーし！　それじゃあ結論が出たということで、ちゃっちゃとアイテムボックスに入れる骨組みを選別《せんべつ》して、積み込むものは積み込んじゃいましょうか！」

リリアーナのおかげでトーヤも気持ちが整理できた。

そうして最後は二人とも笑みを浮かべたのだった。


その後、二人は作業を開始する。

まずは周りに他に人がいないかを確認し、誰もいないと二人で納得してから、大きかったり重かったりする骨組みを選別する。

その後、トーヤが骨組みに触れながら『アイテムボックスに入れ』と念じると、ぐにゃりと空間が歪《ゆが》み、その歪みの中へ骨組みが消えていった。

「……これは確かに、便利だわ」

作業が一瞬で終わり、リリアーナは口をあんぐりと開けたまま驚いていた。

アイテムボックスへ入れた分だけでもリヤカーへ積み込もうと思えば三〇分以上は掛かっていただろう。

それが一瞬で終わってしまったのだから、驚くのも無理はなかった。

「こちらは終わりましたね。リヤカーへ積み込む分はどうしましょう？　一度アイテムボックスに入れて、リヤカーの前で出しましょうか？」

トーヤとしては少しでも楽をさせようと言ったのだが、リリアーナはその提案を断った。

「……ううん、残りは小さいし軽いから、自分たちで積み込みましょう」

「アイテムボックスを使った方が楽ですよ？」

「それはそうなんだけどね。必要以上にトーヤ君にお願いするのは良くないと思うの。それに、下手に使いすぎてアイテムボックスのことがバレちゃったら……私、商業ギルドで働けなくなっちゃうわ」

冗談っぽい声音《こわね》でリリアーナはそう告げると、自分で自分を抱きしめながら震えるジェスチャーをしてみせた。

トーヤは小さく笑いながら頷く。

「分かりました。それでは、急いで積み込んでしまいましょう」

「そうね。これくらいなら、二人でやればあっという間だと思うわ」

残りの骨組み部分を手分けしてリヤカーへ積み込んでいく。

大きい素材は既に収納されていたため、そこまで時間が掛からず骨組みを積み終えた。

最後にリヤカーの中が外から見えないよう、大きめの布を被せ、リリアーナが呟いた。

「予定より早く準備は終わったけど、商業ギルドが現地で営業できる時間は決まっているのよねぇ」

「早く中央区についても、結局は時間まで待つことになるということですか？」

「そうなのよー。時間潰しに朝ご飯を食べるにしても、どこもまだ開いてないしなぁ」

彼女の何気ない呟きにトーヤは首を傾げた。

「もしかして、朝食を食べていないのですか？」

「あははー、実はそうなんだー。まあ、出張鑑定の朝は毎年こんな感じだけどねー」

頭を掻きながらそう口にしたリリアーナに、トーヤはやや厳しい表情を返す。

「朝食は大事ですよ。就寝中《しゅうしんちゅう》に失ったエネルギーを補給《ほきゅう》しないと、一日を元気に過ごせませんから」

「そ、それはそうなんだけどねー」

説教口調になってしまったとは思いつつ、大事なことだからとトーヤは続ける。

「来年からは準備のための人材が派遣《はけん》されるかもしれませんし、今後はしっかりと朝食を食べましょう」

「うぅ……わ、分かったから、そんな睨まないでちょうだいよ」

トーヤがじーっと見つめていたこともあり、リリアーナはたじろぎながら頷いた。

それを見て納得したトーヤは言う。

「それで、リリアーナさんは朝食を持ってきてもいないのですよね？」

「朝はそこまで強くなくてねー。作る時間もなかったんだー」

苦笑いしながらそう口にしたリリアーナに、トーヤはニコリと微笑んだ。

「昨日の夜、念のために準備をしておいてよかったです」

「準備？　何を準備していたの？」

「こちら、サンドイッチになりますので食べてください」

そう言って、トーヤは鞄からバスケットを取り出した。

前日の夜、トーヤは女将にお願いをして、サンドイッチを作ってもらっていたのだ。

トーヤ自身は、あまり行儀《ぎょうぎ》は良くないものの、商業ギルドへ向かう道中で完食している。

これは、念のためにと用意していたリリアーナの分だった。

「あー！　これ、フェリちゃんが言ってたやつだー！」

リリアーナがサンドイッチを指さして歓喜の声を上げた。

「具材は違いますので、フェリ先輩が食べたものとは別物ですけどね」

「それでも食べてみたかったんだー！　……これ、どうやって食べるの？」

サンドイッチを初めて見たのだろう、リリアーナはバスケットの中を覗いて首を傾げた。

「手に持ってそのままかぶりついてください。包みがあるので手を汚さずに食べられます」

「へぇー、便利ね、これ」

「宿の女将さんからも言われました。それに、食堂で出していいかとも言われました」

「それで、なんて答えたの？」

「いいですよー、と答えました」

「あら、勿体ない」

「……勿体ないですか？」

リリアーナの言葉に、トーヤは何が勿体ないのか分からず聞き返してしまった。

「持ち運びも簡単で、食べやすくて、具材を変えればバリエーションもある。そんな料理だったら、独占販売をして一儲《ひともう》けできるんじゃないかしら？」

「うーん、どうでしょうか。ただパンを切って、間に具材を挟んでいるだけですから、誰でも簡単に真似《まね》できてしまいます。それこそ、料理人が作れば私なんかが作るよりも美味しいものが出来上がるでしょうしね」

サンドイッチという料理が広まっていない今なら稼げるかもしれないが、トーヤはそんなことをしようとは思っていない。

むしろいつもお世話になっている女将がサンドイッチで一儲けできるのなら、そっちの方がいいと思っている。

「それはそうかもだけどねぇ……勿体ない気がするなぁ～」

「そんなことよりも、どうぞ召し上《めあ》がってください。お腹、空いているのでしょう？」

「……あっ、そうね！　いただきまーす！」

リリアーナは思い出したように言うとサンドイッチを手に取る。

そしてすぐに大きな口を開けて頬張った。

「……ん……へぇ……うん、美味しいわ！　それに、本当に食べやすいわね！」

「女将さんにお願いして、少しタレを多めにしてもらいました。パンにタレが染み込んで、パサパサ感も少なくなっていると思います」

「それよ！　正直、乾いたパンを食べると喉が渇《かわ》くことも多いんだけど、これなら美味しく食べられちゃうわ！」

感動しながらも食事の手を止めることはなく、リリアーナはサンドイッチをあっという間に完食してしまった。

「あぁー、美味しかったー！　ごちそう様です！　ありがとう、トーヤ君！」

「いえいえ、どういたしまして」

笑顔でお礼を口にしたリリアーナへ、トーヤも笑顔を返す。

「それにしても、これだけ美味しかったら、フェリちゃんが感動していた気持ちも分かるなー」

「そこまでですか？　まあ、私としては嬉しい限りですが」

「とても美味しかったわよ。前私の家に来た時も料理できるって言ってたけど、本当だったのね！」

「人並みにできる程度なのですけどね。こちらのサンドイッチも、きっと女将さんが作ってくれたからこその美味しさだと思いますよ」

トーヤは本心からそう言うが、リリアーナは冗談っぽく笑う。

「またまた、謙遜《けんそん》しちゃってー」

「フェリ先輩が食べたサンドイッチは、ブロンさんが用意してくれたオーク肉が挟んでありましたし、私の腕がすごいわけではないのですよ」

「はいはい、分かったわよー。それじゃあ、お腹も満たされて、時間も潰せたところで、そろそろ出発しましょうか！　まだちょっと早いけど、ゆっくり行けばちょうどいい時間に着くでしょ」

お腹を撫でながらリリアーナがそう口にして立ち上がると、トーヤも一つ頷いた。

「かしこまりました」

気合いを入れたリリアーナがリヤカーのハンドルを握ったところで、トーヤは後方へと回った。

「私が後ろから押しますので、方向のご指示をお願いいたします」

「ありがとう。助かるわ」

こうしてトーヤたちは、リヤカーを引きながら中央区を目指して移動を開始した。


ゆっくりしたペースで歩き、トーヤたちは中央区に到着した。

今はリリアーナの案内で、自由市場《じゆういちば》と呼ばれる広場へと向かっている。

「自由市場というのは、どのような場所なのですか？」

初めて自由市場に行くトーヤは、リヤカーの後ろから質問した。

「市長様のところへ申請《しんせい》を出して、許可が下りたら誰でも商売ができる場所なの。商売をしたいけど店舗《てんぽ》を持つことはまだ難しい。そんな人たちが積極的に利用している場所かな」

そんな話をしていると、トーヤたちも自由市場の入り口に到着した。

「おはようございます！　申請は出されていますか？」

入り口に立っていた兵士に声を掛けられ、リリアーナは鞄から書類を取り出す。

「おはようございます。こちらが許可証です」

「……はい、問題ありません！　それでは、中へお入りください！」

兵士が横に移動すると、トーヤたちは自由市場へ入っていく。

するとそこには、道の左右に屋台《やたい》がずらりと並んだ通りが広がっていた。

「おぉ、これはなかなかに壮観《そうかん》ですねぇ」

「でしょ？　商業ギルドで押さえている場所はこっちよ」

「かしこまりました」

トーヤたちがリヤカーを引いて歩いていると、他の屋台にいる人から声が飛んでくる。

「おう！　リリアーナじゃないか！」

「あら！　かわいい坊《ぼう》やを連れているじゃないかい」

「どこの子供だ？　お手伝いか？」

リリアーナは慣れた様子で小さくため息を吐くと、笑みを浮かべた。

「みんな、失礼よー！　この子、商業ギルドに新しく入った鑑定士なんだからねー」

「「……この子供が鑑定士？」」

全員から驚きの声が聞こえてきた。

トーヤは周囲を見ながら頭を下げる。

「いやはや、その通りでして。皆様、何卒よろしくお願いいたします」

「「……本当に子供か？」」

「よく言われてしまいますが、れっきとした子供ですよ」

ニコリと笑いながらそう口にすると、全員が顔を見合わせながら首を傾げた。

「礼儀正しい男の子なのよ。鑑定士としての腕も確かだから、何か鑑定してほしいものがあったら持ってきてちょうだいね」

最後にリリアーナがそう締めくくると、トーヤたちは商業ギルドが押さえている場所へ向けて再び歩き出した。

「そういえば、リリアーナさん。許可証がないと、自由市場には入れないのですか？」

「そうよ。無断で商売をしようものなら、ラクセーナから追い出される可能性もあるわね」

「なんと、なかなかに厳しい場所なのですね」

「誰でも申請できるけど、許可が下りるかどうかは市長様が判断するの。変な人は商売できないってわけね」

自由市場という名称ではあるが、本当に自由に商売ができるわけではない。

商売が発展すればお金が回る。お金が回る都市は民の生活も安定して発展していく。

しかし同時に、悪質な商売をしようと考える者も出てくるかもしれない。

そんな相手を市長が事前に弾くことで、安心安全な自由市場が運営されているのだ。

トーヤはリリアーナの話を聞き、納得したように答える。

「ラクセーナの市長様は、とても素晴らしい方なのですね」

「そうだと思うわ。っと、私たちの場所はここね」

自由市場に入ってから数分後、トーヤたちは商業ギルドが押さえていた場所に到着した。

「なんと、通りのど真ん中ではないですか！」

「そうよ！　今回は一番いい場所をお願いしていたのよ！」

「……今回？　いつもここで屋台を出しているのではないのですか？」

毎年参加しているとのことで、馴染みの場所があると思っていたトーヤは疑問を口にした。

「今年はトーヤ君がいるからね！」

「…………私ですか？」

「だって、古代眼持ちの鑑定士なんて、なかなかいないんだもの！」

リリアーナがウインクをしながらそう言ってきたので、トーヤはフェリに古代眼持ちは至る所から引っ張りだこだと言われたことを思い出した。

「……つまり、今日はとても忙しくなるかもしれない、ということですね！」

「それはそうなんだけど……トーヤ君、なんで忙しくなるって笑顔で言っちゃうかなー？」

「忙しいことは素晴らしいことですからね！　本日の出張鑑定、頑張らせていただきます！」

キラキラした顔でそう口にしたトーヤを見て、リリアーナは苦笑を浮かべる。

「まあ、これがトーヤ君だよねー」

「……何かおかしなことでも言いましたか？」

「言ってないと思うわー。よし、それじゃあ屋台を組み立てちゃいましょうか！」

「はい！」

元気よく返事をしたトーヤが、布のかかったリヤカーの中へ手を伸ばす。

そして布を取り外すふりをして、アイテムボックスの中に入れた骨組みを外に出していく。

多少音が鳴ったとしても、リヤカーの中を整理しているように見えるため、周囲の人々は特に怪しんでいない。

すぐにリヤカーへ全ての骨組みを置き終わると、布を取り外した。

そこから軽いものをトーヤが、大きいものや重いものをリリアーナが積み下ろしていく。

全ての骨組みを積み下ろすと、今度はリリアーナがテキパキと組み立て始めた。

「……おぉ、なんとも手際がよろしいですね」

「毎年のことだからねー」

「うむ、これではお手伝いが逆にお邪魔になってしまいそうです」

顎《あご》に手を当てながら唸《うな》り始めたトーヤを見て、リリアーナはクスリと笑う。

「ここまで来て疲れたでしょうし、少し休んでおいてちょうだい」

「いいのでしょうか？」

「トーヤ君が忙しくなるのはこれからなんだからね！　頼りにしているわよ？」

頼りにされていると言われてしまえば、休まないわけにはいかなかった。

「かしこまりました。それではお言葉に甘えて、少し休ませていただきます」

そうしてトーヤはリヤカーに腰掛け、リリアーナが屋台を組み立てていく様を見守っていた。

「……よーし、完成！」

額に浮かんだ汗を右腕で拭《ぬぐ》いながら、満足気な表情でリリアーナがそう口にした。

「ほほう、面白いですね。こうも簡単に組み立てられるなんて」

出来上がった屋台は手前に板が伸びており、簡易のカウンターができている。

カウンターの前には組み立て式の椅子も置かれており、鑑定を依頼しに来る客が座れるようになっていた。

「適切な場所にはめ込むだけで出来上がるようになっているの。この屋台を作った人には感謝しなきゃだわ。さて、準備はこれだけじゃないし、残りの作業も終わらせるわよ！」

出来上がった屋台を見ながら感心していたトーヤだったが、リリアーナに言われハッとする。

リヤカーにはいくつかの木材や旗が残っていた。

今度はトーヤも手伝うべく立ち上がり、残った木材で小さな看板を組み立てていく。

リリアーナは旗でのぼりを作り、屋台の周りに立てていった。

そして全ての準備を終えると、屋台から少し離れた場所へ移動し、リリアーナは全体を確認した。

「……よし！　これで準備完了よ！」

「ちなみに、お客様は何時頃から多くなるのかお分かりですか？」

彼女の隣に移動したトーヤは、出張鑑定本番を見据《みす》えて質問した。

「そうねぇ……市場が開放された直後と、お昼過ぎが多くなるかな」

「鑑定カウンターの混み具合と似ていますね」

「まあ、開放された直後は混み合うんだけど、お客というよりは挨拶回りに来る人が多いかな。だから、本格的に忙しくなるのはお昼過ぎだと思っていてちょうだい」

「……なるほど、挨拶回りですか」

ここに来る前に、いろいろな人に声を掛けられたことをトーヤは思い出した。

「おっと、そろそろ自由市場が開放されるわよ！　トーヤ君、笑顔で対応よろしくね！」

「かしこまりました、頑張ります！」

リリアーナの声掛けに元気よく答えたトーヤ。それを見て彼女はニコリと笑った。


そして時間が過ぎ、市場が開放された。

多くの人が広場に流れ込んできたタイミングで、リリアーナが屋台の前で大声で客寄せを始める。

「はいはーい！　今日は商業ギルドの新しい専属鑑定士が来てくれていまーす！　皆さん、鑑定を希望するものがあればぜひとも持ってきてくださーい！」

「あら？　リリアーナじゃないの！」

そこへ恰幅《かっぷく》のよい女性が声を掛けてきた。

「お久しぶりです！　この子、新しい専属鑑定士なんですよ！」

「お初にお目に掛かります。私、トーヤと申します」

これが挨拶回りなのだなと思いつつ、トーヤは頭を下げた。

「あら！　礼儀正しい子ねぇ！」

「鑑定士としての腕も確かなので、何かあれば持ってきてくださいね」

「分かったわ。旦那に聞いてみるわね。それじゃあ、何かあったらあとでまた顔を出すわ！」

そう言って、恰幅の良い女性は去っていった。

その後も人の流れは多いが、鑑定を依頼しにくる人は少なく、午前中の間トーヤは挨拶返しに終《しゅう》始《し》することになった。

しかし、お昼ごろから客が増え始め、トーヤは徐々に忙しくなっていった。

今も男女の冒険者が店の前にやってきている。

彼らは商業ギルドのお得意様で、出張鑑定で商業ギルドにトーヤがいないと知り、わざわざ追い掛けてきたのだった。

「そういえば今日だったな、出張鑑定」

「すっかり忘れていたわ」

そんなことを口にしながら、男女の冒険者たちは笑った。

彼らを見て、トーヤは確認を取る。

「あの、出張鑑定では、買取りはできず、鑑定しかできませんがよろしいでしょうか」

出張鑑定では買取りまでは行っていない。価値を伝え、商業ギルドに来てくれれば買取ると伝えるだけだ。

このような対応をするのは、大量のお金を外に持ち出すのは良くないという、ジェンナの判断故である。

その説明を聞いた女性の冒険者は穏やかな様子で答える。

「そうなの？　まあ、私たちは今回、鑑定だけをお願いするつもりだったからいいけどね」

「分かりました。では、お見せください」

買取りは不要だと分かったトーヤは内心でホッとしながら、アイテムを受け取り鑑定を始める。

「ほほう、これは鉱石ですか。ふむふむ……名前はウォーターストーンですね」

「やっぱりか！」

「やったね！」

トーヤが鉱石名を伝えると、男女の冒険者は手を叩いて喜んだ。

「希望の鉱石だったようですね」

「おうよ！」

「これをずっと探していたんだ！」

「差《さ》し支《つか》えなければ、どのように使うのかお聞きしても？」

二人がこれほど喜んでいるのを見て、単純な興味からトーヤは質問してみた。

男性冒険者が隣を指さしながら笑顔で答える。

「こいつが魔導師でな。杖を新調したかったんだよ！　ウォーターストーンは魔法の媒介《ばいかい》になって威力を上げてくれるんだ！」

「そうそう！　これからもう一つ上のランクを目指そうって話をしていて、それなら装備を見直そうってなっていたんだ！」

「なるほど、そういうことでしたか。おめでとうございます」

嬉しそうに教えてくれた男女の冒険者に祝いの言葉を伝えながら、トーヤはウォーターストーンを手渡した。

「また何かあればよろしく頼むぜ！」

「ありがとう、トーヤ君！」

「これからもどうぞご贔屓《ひいき》に」

そのまま男女の冒険者が手を振りながら去っていくと、今度は別の女性が声を掛けてきた。

「あの、すみません。これを鑑定してくれないかしら？」

「かしこまりました」

トーヤが受け取ったものは、パッと見は単なる石だった。

石を手渡してきた女性は、どこか申し訳なさそうな様子をしている。

「……では、鑑定してみますね」

「よろしくお願いします」

トーヤには女性がふさぎ込んでいるように見えた。

もしかしたら、この石がふさぎ込む理由になっているのではないかと考えながら、トーヤは鑑定を続ける。

そして、結果が出た。

「……………まず、表面には単なる石や砂が固まったものが付着しています」

「そう、ですよね」

「ですが、内側は鉱石になっていますね」

「……えっ？」

石の内側に何かがあると思っていなかったのか、女性は驚いた顔になった。

「内側にはレッドアイズという名前の鉱石があるようです」

レッドアイズという鉱石名を伝えた途端、女性の瞳からは大粒の涙が零《こぼ》れ落ちた。

「……あぁ……ああっ！」

「あの、どうかしたのですか？」

「どうしたの、トーヤ君？　あれ、あなた……」

その様子を見かけたリリアーナが駆けつけ、思い出したように呟いた。

リリアーナは女性を連れて、少し離れた場所へ移動する。

それからしばらく二人で話をし、女性が落ち着いたところで一緒にトーヤの元に戻ってきた。

女性の様子を見ながら、トーヤが口を開く。

「大丈夫でしょうか？」

「はい。先ほどは急に泣き出したりして、申し訳ございませんでした」

「いえいえ、私は全く気にしておりませんので」

「ありがとうございます」

お礼を口にした女性は、先ほどのレッドアイズを胸に抱きながら事情を説明し始めた。

「実はこの鉱石、鉱山で生《い》き埋《う》めになって亡くなった夫が、胸に抱いていたものなんです」

「なんと、そうだったのですね」

女性の夫は鉱山で仕事をしている途中、落盤《らくばん》事故に遭《あ》い亡くなっていた。

彼は普段は別の仕事についており、事故の時だけたまたま鉱山で臨時の仕事をしていた。

女性はどうして夫が鉱山へ向かったのか理解できずにいた。しかし鑑定結果を聞き、夫の真意を理解したのだ。

「……レッドアイズという宝石は、安産《あんざん》のお守りになると言われているものなんです」

そう言って、女性は自身のお腹を優しく撫でた。

トーヤが彼女のお腹に視線を向けると、お腹が僅かに大きくなっていることに気がつく。

「そうだったのですか……旦那様は、奥様とお腹の中の赤ちゃんのためを思って、鉱山へ向かわれたのですね」

「きっとそうだと思います。トーヤさん、本当にありがとうございました」

最後にお礼を口にした女性は、レッドアイズを大事そうに胸に抱えながらその場を去っていった。

リリアーナは少し悲し気な口調で言う。

「あの子とは知り合いなんだけど、彼女の旦那さん、頑張り屋でね。いつも奥さんのために働いていたわ。きっと、生き埋めになってもレッドアイズを離したくなかったんでしょうね」

「そうですね……」

去っていく女性の後ろ姿は、背筋が伸び、どこか凛《りん》としているように見えた。

「健康で元気な赤ちゃんが生まれてくることを、祈《いの》りましょうかね」

そんな独り言を呟きながら、トーヤは仕事を続けるのだった。


しばらくしてから、トーヤたちは一度休憩を挟むことにした。

二人は広場のベンチに腰かけ、それぞれ用意した弁当を膝に置いている。

昼食はちゃんと準備していたリリアーナだったが、トーヤの弁当が気になり、食事をしながら横目にチラチラと見ている。

「気になりますか？」

「とっても！」

「とはいえ、これも朝ご飯と同じサンドイッチですよ？」

リリアーナが勢いよく答えたのを見て、トーヤは苦笑しながらサンドイッチを彼女に見せた。

「でも、中の具材は違うのよね？」

「そうですね。宿の女将さんが気を遣ってくれましたから」

そう説明しながら、トーヤはサンドイッチを口の中一杯に頬張った。

「……うん、とても美味しいです」

「……いいなぁ」

満足そうにサンドイッチの感想を口にしたトーヤを見て、リリアーナは自身の弁当を食べながら羨《うらや》ましそうに呟いた。

その様子を見て、トーヤは弁当を少し交換しないかと持ち掛ける。

するとリリアーナは満面の笑みを浮かべ頷く。

その後、二人は雑談しながら楽しい昼食の時間を過ごしたのだった。


昼食が終わり、二人はその後の出張鑑定に備え始めた。

リリアーナが言うには、これからが一番忙しくなるとのこと。

例年だと午前中に声を掛けていた人たちが、そろそろやってくる頃なのだ。

「あっ！　早速来てくれたわよ！」

そう口にしたリリアーナが手を振った先に視線を向けると、そこには午前中に来た恰幅のよい女性の姿があった。

「朝ぶりだねぇ！」

「お家に何かありましたか？」

リリアーナの問いに彼女が頷く。

「それがあったのよ！　これなんだけどね、前の鑑定士さんでは分からなかったやつなのよ！」

女性が取り出したのは、手のひらサイズの三角形をした置物のようなものだ。

ツヤツヤした見た目をしており、見たことのない模様《もよう》が彫《ほ》られている。

「旦那が古物商《こぶつしょう》から買い取ったんだけど、これがいったいなんなのかさっぱり分からないのよね」

「パッと見だと、ただの置物みたいですけどね？」

「そうなのよ！　こんなわけの分からないものを買ってきた時は、旦那を怒鳴り散らしてやったよ！　あはははははっ！」

豪快に笑った女性を見て苦笑しながら、トーヤは三角形の置物を受け取った。

「では、鑑定してみますね」

「よろしくね！　でも、無理だったらそれでも構わないさ！　前の人もダメだったからね！」

「ご配慮《はいりょ》、感謝いたします」

トーヤは感謝の言葉を口にしながら鑑定に入っていく。

「おや？」

しかし、古代眼を持つトーヤでも鑑定結果を確認できなかった。

「どうしたの、トーヤ君？」

「やっぱり難しかったかい？」

リリアーナと恰幅のいい女性は興味ありげな表情で問い掛ける。

正直にダメだったとトーヤが言おうとした、その時——

「実は……んん？」

突如として先ほどまで見えなかった鑑定結果が見えるようになったのだ。

（……これは、もしかして？）

トーヤは以前、これと似たような現象を経験している。

それは、ジェンナの部屋で自身のスキルが進化した時だ。

「本当にどうしたの、トーヤ君？」

「坊や、大丈夫かい？」

急に黙り込んだまま思案するような顔をしたトーヤを心配して、リリアーナと女性が顔を見つめてきた。

トーヤはハッとしたあとすぐにニコリと笑う。

「失礼いたしました。それよりも、鑑定結果が出ましたよ」

「えっ！　本当かい！」

「すごいわ、トーヤ君！」

トーヤはまずは目の前の結果を伝えるべきだと判断し、自身のスキルの確認を後回しにした。

「それでは結果をお伝えしますね……壊れているようですが、こちらは古代の魔導具というもののようです」

トーヤは何気なく言うが、その言葉を聞いた二人は目を見開いた。

その後、恰幅のよい女性が口を開く。

「……まさか、冗談だろう？」

「いえいえ、本当ですよ。これはそんなに珍しいものなのですか」

「そうね。すごく珍しいものだわ」

トーヤの問いに答えたのはリリアーナだ。

彼女は古代の魔導具の説明を始める。

リリアーナ曰く、古代の魔導具とはその名の通り、古代に使われていた魔導具であり、同じものがひとつも存在していないレアな道具とのこと。

しかし現存する古代の魔導具の多くはどこかが壊れていたり、そもそも使い方が分からなかったりと、運用するのはかなり難しいらしい。

その説明を聞き、トーヤは古代の魔導具の価値を理解した。

するとリリアーナが確認する。

「……ねえ、トーヤ君。壊れていると言ったけど、直すことはできそうなの？」

「私からははっきりとしたことは申し上げられません。鑑定結果にはただ壊れた古代の魔導具とあるだけで、どのように使うかや、どのくらいの価値があるかも書かれていませんから。むしろ、リリアーナさんは、直せそうな場所をご存じないですか」

「うーん、強いて言えば王都《おうと》にはあるかもしれないわね。あそこは栄えているから」

「王都ですか……そんな所があるのですね」

スフィアイズに転生したトーヤは、山を下りてすぐにラクセーナへやってきたこともあり、ラクセーナ以外の都市を知らない。

ここ以上に大きな都市があるのかと思うと少しだけ胸が弾んだ。

トーヤが王都のことを考えていると、今度は恰幅のよい女性が口を開く。

「王都ねぇ……そこまで行く用事なんて、すぐにはないかしら」

「かなり遠いですもんね。それに王都で直せるとも限りませんし」

女性は少しだけ考え込んでいたが、すぐに豪快に笑った。

「……となるとこれはやっぱり、使い道のないただの置物ってことかねぇ？」

「そうかもしれませんね」

リリアーナが苦笑しながら答えると、女性はやれやれといった感じで肩を竦めた。

「全く、旦那にも困ったもんだよ！」

そんな女性を見て、トーヤは一つの提案を口にする。

「あの、もしよろしければなのですが、そちらを私個人に売っていただけませんか？」

「えぇっ!?」

「貴重なものであることに変わりはありませんし、旦那様が購入された金額以上で買い取らせていただきたいと思うのですが、いかがでしょうか？」

思いもよらない提案に、女性は驚きの声を上げながら何度も瞬きを繰り返した。

「……ど、どうしてこんなものが欲しいんだい？」

「貴重なもののようなので、そのままにしておくのは勿体ないかなと。もちろん、奥様と旦那様が手放したくないということであれば、私の言葉は無視していただいて構いません」

トーヤが魔導具を欲しいと思ったのは、単純な興味からである。

もしこれを直せたならどのようなものになるのか、それが見てみたいのだ。

「もしかすると、人によっては高額で買いたいという人もいるかもしれません。それこそ王都の人なら高額で買い取ってくれるかもしれませんし、私以外に売却するという選択肢もご検討いただければと思います」

トーヤなりに考え得る様々な可能性を伝えながら、どのような答えを出すかは女性に任せた。

「……分かった！　売るわ！」

「えっ？　でも、こちらは旦那様がご購入されたものですよね？　こう言ってはなんですが、奥様だけの判断で決めてしまってもよろしいのですか？」

聞いてはみたもののまさか即答で売ると言われるとは思わず、トーヤは聞き返してしまった。

女性は笑いながら答える。

「旦那も金になるなら売っちまえって言ってくれたからね！」

「王都に持っていくという選択肢は？」

「わざわざ時間や旅費を掛けて王都に行くのもバカらしいよ！　あはははは っ！」

女性は笑いながら、古代の魔導具を持っているトーヤの手を閉じさせた。

「でも、さすがにこんな子供からお金を取るのは気が引けるから、プレゼントするよ！」

「えぇっ⁉　そ、それは絶対にいけません！　これ、とても貴重なものなのですよね‼」

「あははっ！　貴重だって言っても、このままじゃあ全く意味がないんだろう？」

「それはそうなのですが、先ほども言いましたけど、ちゃんとした場所に持っていけば――」

「それが面倒なんだよ！　いいさ、そこまでの金額で買ったわけでもないしね！」

どのような判断をすればいいのか分からず、トーヤは横目にリリアーナを見た。

「……貰っておきなさい、トーヤ君」

「えっ！　でも、よろしいのですか？」

「奥様のご厚意だしね。もしトーヤ君の気が引けるなら、個人的に他の道具の鑑定とかを特別にやってあげたらいいんじゃないかな」

「それいいわね！　私の旦那、よく分からないものをちょこちょこ買ってくるから、これと似たものが家にまだまだあるのよー！」

笑いながらそう口にした女性は、バンッとトーヤの肩を叩いた。

「あはは……そういうことでしたら、ありがたくいただきます。鑑定をご希望のものがあれば、遠慮なく仰ってくださいね。いつでも駆けつけますので」

少しだけ肩が痛かったが、そこには言及することなく、苦笑しながらそう口にした。

「そんな急ぎのものはないわよ！　本当に面白い子だねぇ、あはははっ！」

そう口にしながら、女性はリリアーナと少しだけ雑談を交わし、そのまま去っていった。

「……あの、本当によろしかったのでしょうか、リリアーナさん？」

自分から提案したこととはいえ、貴重なものを貰ってしまい、申し訳なさが残ったトーヤ。

女性にはいつでも鑑定をすると言ったものの、お客に損をさせているのではないかと心配になったのだ。

「大丈夫よ。お互いに納得しているわけだし、もしも本当に価値のあるものだったら、ちゃんと説明して返しちゃうのもありね」

「なるほど、そういう対応もありますね」

「だけど、その時はトーヤ君が手間賃《てまちん》を貰えるかもよ」

「……私の勝手で動いたのに、手間賃をいただけるのですか？」

どのような理屈か分からず、トーヤは首を傾げた。

リリアーナは笑みを浮かべながら答える。

「トーヤ君が価値を見出したんだからね。あの人はそういうことにきちんと対価を払ってくれる人よ」

「なるほど……まぁ、なんにせよ、こちらの本当の価値が分かれば、先ほどの女性にはしっかりと説明させていただきます。いつになるかは分かりませんが」

トーヤの言葉を聞き、リリアーナは感心したように頷いた。

多くの人であれば、貰ったものの価値が高ければそのまま秘密にするだろうに、初対面の相手にもトーヤは誠実に対応するのだと感じたのだ。

話が一段落したところで、トーヤは思い出したように首を傾げる。

「それにしても……」

「どうしたの？」

「先ほどの方の旦那様は、いったいどのような方なのでしょうか？　古代の魔導具のような代物がまだたくさんあると仰っておりましたし、物好きなお金持ちとかですかね？」

するとリリアーナがクスクスと笑いながら、その答えを教えてくれる。

「さっきの人は、ラクセーナ市長の奥様よ」

「ほほう、市長様の奥様ですか。………………えええええぇぇっ!?」

まさかラクセーナで一番偉い人の妻だとは思わず、トーヤは驚きの声を上げた。

「うふふ。トーヤ君でもそんな驚いた顔をするものなのね」

「そ、それはそうですよ！　いやはや……私、失礼な態度を取っていなかったでしょうか？　今になって、とても不安になってきました」

「奥様、笑っていたでしょう？　それなら大丈夫よ」

「……それならいいのですが」

衝撃の事実に唖然とした表情を浮かべていたトーヤだったが、リリアーナにフォローされ、なんとか納得した。

そして、手の中にある壊れた魔導具を見て呟く。

「いつになるか分かりませんが、直せたらいいですね」

鞄で誤魔化しながら魔導具をアイテムボックスにしまったトーヤは、そのまま出張鑑定の仕事を続けていった。

市長の妻を対応してからは、客足が途切《とぎ》れることはなく、トーヤは自由市場の使用時間が終わる間際まで忙しい時間を過ごすことになった。

「去年までこんなことはなかった」とぼやいていたリリアーナは、出張鑑定が終わると大きく息を吐き出す。

「はあぁぁぁぁ～……終わったのね」

「お疲れ様でした、リリアーナさん」

普段と変わらない様子のトーヤに、リリアーナはジト目を向けずにはいられなかった。

「……どうしてトーヤ君は普段通りなの？　大変じゃなかった？」

「確かに、普段と比べれば忙しかったですが、許容範囲ですかね」

「……さすがはトーヤ君だわ」

トーヤの答えを聞いて苦笑を浮かべたリリアーナだったが、まだ仕事は終わっていないと気合いを入れ直す。

「よーし！　それじゃあ屋台を解体して、リヤカーに載せちゃいましょうか！」

「お手伝いいたします」

「よろしくね」

それからトーヤたちは屋台の撤去作業を行っていく。

とはいえ、今回は周りの目もあるため、途中で誰かに見られてもいいよう、全ての骨組みをまずリヤカーに載せることにした。

そして全ての骨組みをリヤカーへと運び終え、布をかぶせた後で、目立たない範囲でなるべく重めの骨組みを数本、アイテムボックスへ入れていく。

こうして屋台の撤去が終わった。

その後、リリアーナが口を開く。

「あとは、これは商業ギルドへ運び入れたら、今日はもう終わりかな！」

「かしこまりました」

そうして、来た時と同じようにリリアーナがリヤカーを引き、トーヤが後ろから押す形で二人は移動を始める。

自由市場の兵士にも声を掛け、そのまま市場をあとにした。

「いやー！　今日はトーヤ君のおかげで大盛況《だいせいきょう》だったわね！」

「そうであれば嬉しい限りですね」

リヤカーを引きながらリリアーナが嬉しそうにそう口にすると、トーヤもまんざらでもなさそうに答えた。

「それに、準備も片づけもだいぶ楽になったしね」

明言はしないが、アイテムボックスのおかげだと言っているのだと、トーヤは理解した。

「力になれて良かったです。今後ともよろしくお願いいたします」

「うふふ、こちらこそだわ」

こうして商業ギルドの近くまでやってきたトーヤたちは、少し離れた場所で一度リヤカーを止め、アイテムボックスの中に入れた骨組みをこっそりリヤカーに戻していく。

商業ギルドに到着してから戻していては、誰かに見られてしまう可能性が高くなるからだ。

ズシリと重くなったリヤカーを引いて、押しての移動をしていると、商業ギルドの入り口には男性職員が数名待機していた。

「来た来た！」

「お疲れ様でしたー！」

「あとは俺たちがやっちゃうんで、二人は休んでいてください！」

男性職員たちはリヤカーをトーヤとリリアーナから引き継ぐと、そのまま片づけを始めていく。

トーヤとリリアーナは、顔を見合わせたあと、お互いに笑みを浮かべた。

「お疲れ様。リリアーナ、トーヤ」

そこへまた別の人物から、トーヤたちを労う声が掛けられた。

ジェンナが商業ギルドから顔を出したのである。

「お疲れ様です、ギルマス！」

「お疲れ様です、ジェンナ様」

すぐにリリアーナとトーヤが返事をした。

「二人はもうあがって構わないわ。疲れたでしょう？」

出張鑑定後は毎年、リリアーナは商業ギルドに帰ったあとすぐにあがらせてもらっている。

とはいえ、今回は移動に時間が掛からなかったこともあり、リリアーナは笑みを浮かべた。

「今回はトーヤ君のおかげで早く終われましたし、私も片づけを手伝いますよ」

「それでしたら私も――」

「トーヤ君はギルマスとお話ししていたらどうかしら？」

トーヤの声を遮《さえぎ》るようにリリアーナがそう答えると、ジェンナが反応を示す。

「あら。何かあったのかしら、トーヤ？」

「あー……そうですね。実はご報告したいことがありまして、少々お時間をいただいてもよろしいでしょうか？」

リリアーナの意図を察し、トーヤはジェンナへ確認を取る。

「もちろん、構わないわ。それじゃあリリアーナ、みんなも片づけを頼むわね」

「「「はい！」」」

リリアーナと男性職員たちに声を掛けたジェンナが踵《きびす》を返して商業ギルドへ歩き出した。

トーヤもリリアーナたちに会釈をしてからジェンナを追い掛け、彼女の部屋へ移動した。

扉を閉め、二人がソファに座った途端、ジェンナが声を掛けてくる。

「それで？　いったいなんの話かしら？」

「えっと、結論から申しますと……私、アイテムボックスを持っているのです」

トーヤがそう告げた瞬間、ジェンナの動きが一瞬だが止まった。

「………ちょっと、待ってちょうだいね」

「えっ？　あ、はい」

そしてジェンナは、何度か深呼吸を繰り返す。

「すー、はー。すー、はー。…………よし、もう大丈夫よ。トーヤが報告することで、驚かないことなんてないものね」

「私は普通の鑑定士ですよ」

何気なく呟いたトーヤの言葉に、ジェンナがジト目を向けてくる。

「トーヤは本気でそんなことを言っているのかしら？」

「あー……冗談ですよ、冗談。あははー」

本当は本気で言っていたのだが、ジェンナの圧が強く、トーヤは苦笑いを浮かべた。

そしてその後、トーヤはなぜアイテムボックスを持っていることを黙っていたかと、どうしてそれをわざわざ話したのかを説明した。

トーヤの説明を聞いたジェンナは驚きつつも納得したように頷く。

「……なるほど……それにしても、アイテムボックスまで持っているなんてね。古代眼といい、末恐ろしい子だわ」

「……まだ何かあるのかしら？」

呆れたようにジェンナが呟くと、トーヤは思い出したようにビクッと体を震わせた。

そんなトーヤの反応を見逃さなかったジェンナが、彼に再びのジト目を向けた。

「……実は、もう一つございます。お伝えしてよろしいでしょうか？」

「大丈夫よ。アイテムボックス以上に驚くことなんて、そうそうないのだからね」

トーヤの告白に、ジェンナは呆れた様子でそう口にした。

そんなジェンナの様子を見ながら、トーヤは口を開く。

「実は、出張鑑定中に、古代眼がさらに進化したようなのです」

「…………………え？」

アイテムボックス持ちだということを伝えた時よりもさらに長い沈黙の後、ジェンナはポツンと言葉を呟いた。

「失礼いたしました。声が小さかったですかね。古代眼が進化しました。出張鑑定の最中に進化したようです」

トーヤは出張鑑定からの帰り際、自身に鑑定を掛け、己のスキルが変化していることを確認していた。

「…………………えええええぇぇぇぇぇぇっ!?」

トーヤが改めてそのことを説明すると、ジェンナは驚きを堪えきれずに大声を上げてしまった。

「どわあっ!?　……ど、どうしたのですか、ジェンナ様？」

「驚いたのよ！　アイテムボックス持ちという事実以上のことを持ってこないでちょうだい！」

「えぇっ!!　も、申し訳ございません!?」

大丈夫と言われた手前、まさかここまで驚かれるとは思わず、トーヤも思わず謝ってしまった。

しかし、ジェンナの反応も無理はない。

この世界ではスキルの進化は神に愛されたものにしか起きないとされている。

以前にもトーヤのスキルが進化したことがあったのだが、その時もジェンナは大きく驚いていた。

ジェンナは再び深呼吸し、最後にゆっくりと息を吐く。

「……はあぁぁぁぁ～。ごめんなさいね、トーヤ。とりあえず落ち着いたわ」

「……い、いえ、ジェンナ様が謝る必要はないと思います」

「まさか、アイテムボックスを持っている以上の驚きが隠されているなんてね」

「隠していたわけではないのですが……先にこちらを伝えた方が良かったですかね」

「……報告が前後したとしても、驚くことには変わらないわよ？」

三度目となるジト目を向けられ、トーヤは苦笑いすることしかできなかった。

ジェンナはその後、表情を引き締め直した。

その後、改めてトーヤを見つめる。

「一つずつ整理しましょう。アイテムボックスのことは、リリアーナも知っているのかしら？」

「はい。本日の朝にお伝えし、実際に使用もしました」

「ということは、出張鑑定用の屋台の骨組みをアイテムボックスに入れて運んだのね？」

「仰る通りです。もちろん、誰にもバレないようにしていたので、気づかれてはいないはずです」

アイテムボックスを使う時は周囲に気を遣ったのだと、トーヤはジェンナに改めて伝えた。

納得したように頷き、ジェンナは続ける。

「リリアーナ以外に、アイテムボックスのことを知っている人は？」

「ダインさんたちだけです。ギグリオさんも知りません。ちなみに、アイテムボックスについて口外しないよう教えてくれたのもダインさんたちです」

「それはダインたちが正解ね。そうでもしなければ、今頃は悪い人に捕まっていたでしょうから。しかし、ダインたちから口止めをされていたのに、リリアーナには伝えてしまったのね」

「屋台の骨組みがあまりにも重そうでしたし、それをリリアーナさんがリヤカーに載せて引くということでしたので、我慢ができませんでした」

頬を掻きながらそう口にしたトーヤの表情に、後悔の色は見えない。

そんなトーヤを見て、ジェンナは苦笑する。

「バレないよう配慮はしていたようだし、構わないわ。むしろ、リリアーナを助けてくれてありがとう、トーヤ」

「私の選択は、間違いではなかったのですね。よかったです」

ホッと胸を撫で下ろしたトーヤだったが、ジェンナは再び真剣な表情を浮かべる。

「さて、トーヤ。次はスキルの進化について聞くわね」

「はい、なんでしょうか？」

「古代眼が進化したと言っていたけれど、どのように進化したのかを聞いてもいいかしら？」

「あー……はい、かしこまりました」

トーヤもすぐに真剣な面持ちとなり、改めて自身を鑑定する。

「……どうやら、古代眼から『聖者の瞳《せいじゃひとみ》』というものに進化したようです」

「……聖者の瞳、ですって？」

「はい、その通りです」

スキル名を聞いたジェンナは、左右の目頭《めがしら》を押さえながら大きく息を吐く。

しかし、今回は時間を掛けることなく、すぐに顔を上げてトーヤを見た。

「いいかしら、トーヤ？　スキルが進化した事実は絶対に誰にも言ってはダメよ？」

「かしこまりました。……あの、ギグリオさんにも内緒《ないしょ》でしょうか？」

ギグリオはトーヤが別世界の人間であり、過去にスキルが進化したことも知っている。

そんな彼にも内緒にするべきかとトーヤは疑問に思った。

ジェンナは少し考え、頷く。

「そうね。ギグリオにも内緒にしておきましょう」

「それはどうしてでしょうか？」

「古代眼でも十分に冒険者ギルドの手助けはできるもの。わざわざ聖者の瞳だと伝える意味はないわ。それにギグリオには周りの目もあるしね」

「周りの目ですか？」

「彼は前線に出て冒険者たちの指揮《しき》を執ることもある。フレイムドラゴンの幼竜の時もそうだったでしょう？」

「……確かに、そうですね」

フレイムドラゴンの幼竜の一件を思い出しながら、トーヤは大きく頷いた。

「つまり、ギグリオはかかわりあう人が多いの。彼の周りから何かの拍子に情報が漏れてしまえば、一気に広まる危険があるわ」

「なるほど、それであれば、ジェンナ様の指示に従います」

「そうしてくれるとありがたいわ」

トーヤの言葉を聞いた後、ジェンナは小さく息を吐いた。

そして、クスリと笑う。

「全く、本当に何度も驚かせてくれるわね、トーヤは」

「そうですか？」

「そうよ。自分の能力を自覚していないのは、ちょっと怖いところだけれどね」

その言葉を聞き、トーヤはふと気になったことを口にする。

「あの、ジェンナ様。聖者の瞳の話は誰にも言ってはいけないと仰っていましたが、このスキルはそれほどにすごいものなのでしょうか？」

トーヤの質問に、ジェンナは少しばかり渋《しぶ》い顔をする。

「すごい……とは言われているけれど、実際のところはよく分かっていないのよ」

「どういうことでしょうか？　ジェンナ様でも分からないことが？」

長命種であり、二五〇〇年生きているエルフのジェンナですら分からないのかと、トーヤは驚きを露わにした。

ジェンナは説明を続ける。

「聖者の瞳を持っている者はほとんどいなくて、資料が極端に少ないの。だから何ができるか、具体的によく分かっていないのよ。アイテムボックスよりも稀有《けう》なスキル、ということね」

「なんと、アイテムボックスよりも珍しいのですか。それは人に気軽に話せませんね」

「……あなた、本当に珍しいと思っているのかしら？」

「もちろんです」

トーヤの反応があまりに簡単なものだったため、ジェンナは小さくため息を吐いた。

しかし、これがトーヤだと認識し、彼女は呆れたように話を進める。

「……まあ、いいわ。わたくしからも聞いておきたいことがあるから、話を変えましょうか」

「聞いておきたいことですか？」

「古代眼が聖者の瞳に進化したということは、古代眼では鑑定できないものを鑑定しようとしたのではないかしら？　以前あなたのスキルが進化した時もそうだったでしょう？」

ジェンナの問い掛けを聞き、トーヤはアイテムボックスから壊れた古代の魔導具を取り出した。

「こちらを鑑定いたしました」

「……トーヤ、これはいったいなんなのかしら？」

「私の鑑定では、壊れてはいますが古代の魔導具とのことです」

「古代の魔導具ですって⁉」

ジェンナは目を見開いて、頭上を見つめる。

「……ど、どうしたのですか？」

「…………はあぁぁぁぁぁ〜。まさか、三度も驚かされるなんてね」

「やはり、これは貴重なものなのですか？　リリアーナさんもそう仰っていましたし」

トーヤが問い返すと、ジェンナは呆れたように大きく頷く。

「それ、どこで手に入れたの？」

「いやはや、実はこれ、鑑定に持ってこられた市長の奥様から譲ってもらったのです」

「あぁ、なるほど、あの人の夫は、こういう古いものが好きだものね」

「はい。私にはその価値は分かりませんでしたが、とても貴重なものであることは分かったので、市長様が購入された金額以上で売ってほしいと提案しました。もちろん、王都へ持っていけば高値で買い取ってもらえる可能性もあることは伝えたうえでです」

古代の魔導具の価値を偽ったのではないと伝えると、ジェンナは納得したように頷く。

「分かったわ。価値を説明したうえで、市長の奥さんから購入したのね」

「それが、子供からお金は取れないと、無償で譲っていただきました」

「運がよかったのね」

「あの、それだけで片づけてしまってもいいのですか？」

先ほどのジェンナの反応を見るに、やはりタダで貰うのはまずかったのではと不安になるトーヤ。

するとジェンナは微笑みながら答える。

「市長の奥さんがそうしたのだから、問題はないわ。リリアーナも許可したのでしょう？」

「それはまあ、そうなのですが……」

「もしも気になるなら、トーヤが直接市長へ説明しに行く？」

ジェンナは冗談半分でそう口にしたのだが、トーヤは本気で首を横に振った。

「む、無理ですよ！　私のような一般市民が、市長様にお目通り願うだなんて！」

「ふふ、冗談よ。だけれど、あなたくらい規格外なら、そう遠くない未来で、市長とも出会うことになったりしてね」

「……へ、変な予言はやめてください、ジェンナ様」

嫌そうな顔をしながらトーヤがそう口にすると、ジェンナは苦笑した。

「まあ、聖者の瞳に進化した流れは分かったわ」

最後にそう締めくくると、ジェンナはソファから立ち上がった。

「わたくしから聞きたいことは以上よ。引き留めてしまって悪かったわね」

「いえ、私からお話ししたいことがあると申し出たのですから」

「うふふ、そうだったわね。今日はもう早く帰って休みなさい。これは、上司命令よ」

微笑みながらジェンナがそう口にすると、トーヤも立ち上がり扉の方へ向かう。

「本日はお時間をいただき、誠にありがとうございました」

「いいえ。こちらこそ報告してくれてよかったわ。帰り、気をつけてね」

こうしてトーヤの報告は終わった。

トーヤは一階に降りると他の職員へ挨拶を済ませてから、商業ギルドをあとにした。

宿に向かうべく通りを歩いていたトーヤは、今回の出張鑑定について振り返る。

（出張鑑定では、ギルドでは出会えないような人たちと交流することができました、貴重な経験でしたね）

いつもと変わらない客層の男女の冒険者だけではなく、不慮の事故で夫を亡くした女性に、市長の妻、他にも多くの人たちが出張鑑定に顔を出してくれた。

その中にはリリアーナとの会話を楽しむ人もおり、トーヤはそれが少し羨ましく思った。

（私もここで長く生きていれば、ちょっとした雑談を楽しめる友人知人ができるでしょうか）

そこまで考えたトーヤの頭の中には、アグリとブロンの顔が浮かんできた。

（私の中身は実際のところ、三十路《みそじ》のおっさんなのですが……不思議なもので、アグリ君とも、ブロンさんとも、とても仲良くさせてもらっています）

子供とのやり取りは日本にいた頃から嫌いではなかった。むしろ、そちらと気が合うこともしばしばあったくらいだ。

だが、自分の精神年齢がアグリと同じくらいなのかと思うと苦笑を浮かべてしまう。

（体が子供になったことで、心も子供に近づいたのでしょうか…………ですが、この変化はとてもありがたいものです。そのおかげでスフィアイズに早く馴染めたような気がしますから）

どの世界においても、生きていくうえで最も必要になることは、その環境に馴染むことにあるとトーヤは考えている。

どれだけ体が強くても、資産を蓄《たくわ》えていても、生活する場所に馴染めなければ、生きていることが辛《つら》くなってしまうかもしれない。

また精神が子供に近づいたこととは別に、トーヤにはブロンを好む理由があった。

(ブロンさんには、祖父の面影を感じてしまいます。やはり私は、おじいちゃんっ子なのかもしれませんね)

佐鳥冬夜として生きていた頃は、子供の頃から祖父母に育てられてきた。

両親からの愛情も注がれていたものの、トーヤの心の中には祖父母からの愛情の方が強く残っていた。

彼の落ち着いた性格も、祖父母から受け継がれたものだと、トーヤ自身も理解しているほどだ。

(変わったものと、変わらないもの。どちらも大事ですし、大切にしなければなりませんね)

笑みを浮かべてそんなことを考えていると、いつの間にか宿に到着していた。

「さて、ジェンナ様に早く休めと言われましたし、今日は休むとしますかね」

トーヤとしては少し早い晩ご飯を済ませると、部屋に戻ってすぐにベッドへ横になる。

思いのほか疲れていたのか、横になるのと同時に睡魔《すいま》が襲い掛かってきた。

(今日は本当に……有意義な一日……でした……)

気づけば深い眠りについたトーヤの寝顔には、微笑みが浮かんでいたのだった。

◆◇◆◇第四章：トーヤ、病気を見抜く◇◆◇◆

出張鑑定の翌日、トーヤはジェンナから言われた通り、休みを貰っていた。

前世と違い商業ギルドは急な呼び出しのない職場ということもあり、久しぶりに遅い時間に起き、朝食をゆっくりと堪能している。

「ごちそう様でした」

朝食をきれいに完食したトーヤは、本日の休みをどう過ごそうかとしばし考える。

「……ブロンさんのところへ行きましょうかね」

そして、すぐに結論を出した。

休みの日にブロンのなんでも屋へ行くというのは、彼のお決まりになってきている。

「アグリ君とも約束などはしていませんし、今日は一人で向かいましょうかね」

いきなり誘っても良いかなと思いつつ、もしかしたら迷惑になるかもとも考え、トーヤは一人で出かけることにした。

食堂をあとにして一度部屋へと戻る。

そして外出の準備を終えたトーヤは、女将へ声を掛けてから宿を出た。

「今日はどのような商品と出会えますかね。もしくは、ブロンさんとお話をするのもいいかもしれません！」

掘り出し物を見つけるのも楽しいが、ブロンと何気ない会話を楽しむのも悪くない。

そんなことを考えながら歩いていると、あっという間になんでも屋へ到着した。

しかし、なんでも屋の扉は閉まっており、『閉店』の札が掛けられたままだ。

「……おや？　お店が閉まっていますね」

窓から中を覗いてみても、ブロンの姿は見当たらない。

「うーん、今日は一日中、お店は開かないのでしょうか？」

予定が変わってしまったと思いながら思案していると、店の裏側から物音が聞こえてきた。

「おや？　もしかして、裏にいるのでしょうか？」

音が気になり、裏庭へ向かうトーヤ。

そこには暖かな季節に不釣り合いなほど厚着をしているブロンがいた。

彼は荒い呼吸をしながら井戸から水を汲《く》んでいる。

「ブロンさん！」

明らかに様子がおかしいブロンを見て、トーヤは声を掛けながら駆け寄る。

「お、おぉ、トーヤか。ゴホッゴホッ！　……ふぅ、すまないねぇ。どうやら風邪を引いてしまったようだ」

トーヤは井戸水を汲むためのロープをブロンから奪うように取ると、グッと力を込めて水の入った桶《おけ》を引っ張り上げる。

「助かったよ、トーヤ」

「これくらい問題ございません。それよりも、中に入って休みましょう」

「すまないねぇ。この歳で風邪を引いてしまうと、なかなかどうして、きついものだよ。ゴホッゴホッ！」

普通の会話も苦しそうで、時折辛そうに咳《せき》をしているブロン。

トーヤは彼の背中をさすりながらついていき、裏口から台所へ入っていく。

「水をありがとうねぇ。風邪を移してはいけないから、すぐに外へ行くんだよ？」

「何を仰いますか。病人を残して立ち去るなんてできませんよ」

「だけどねぇ……」

「遠慮してはいけません。こういう時こそ、助け合いなのですから」

ブロンが何を言っても聞かないトーヤは、彼の背中をさすり続けながら住居部分になっている二階へ上がり、ブロンの自室に行く。

そんなトーヤに最初こそ申し訳なさがあったブロンも、彼の優しさに甘えることにした。

「……ありがとう、トーヤ」

「お気になさらず。さあ、ベッドへ横になってください」

「そうだねぇ、ゴホッゴホッ！」

呟き込みながらベッドへ横になると、ブロンはどこか安堵したような表情を浮かべた。

「いつから体調を崩していたのですか？」

「二日前くらいからだねぇ。少し前に喉の違和感に気づいたと思ったら、あっという間に今の状態になってしまったよ」

「なるほど、あっ、少々お待ちください」

そう言ってトーヤは裏庭に戻り、先ほど汲んだ井戸水を台所に持って来る。

そして、アイテムボックスから未使用のハンカチを取り出すと、それを井戸水で濡らし、ブロンの部屋に戻った。

トーヤはブロンのおでこに、軽く湿らせたハンカチを置く。

井戸水はとても冷えており、ブロンは心地よさそうな表情を浮かべる。

「ふぅ、落ち着くねぇ。ありがとう、トーヤ」

「いえ、それよりお医者様には見てもらったのですか？」

「見てもらったよ。飲み薬も貰ったんだが、そう簡単には良くならないものだねぇ」

「そうでしたか。……ポーションでは治せないのですか？」

以前ブロンからポーションを貰ったことを思い出し、トーヤは尋ねた。

しかし、ブロンは首を横に振る。

「ポーションも万能ではないんだよ。傷には効いても、病には効かないのさ」

「なるほど、万能薬ではないのですね。私は本日休みですし、このまま様子を見させてもらってもよろしいですか？」

「わしとしてはありがたいのだが、迷惑じゃないかい？」

「とんでもない。先ほども言いましたが、こういう時こそ助け合いですから」

そう口にしたトーヤがニコリと微笑むと、ブロンは自然と柔和な笑みを浮かべる。

「ありがとう、トーヤ」

「いえいえ。それにしても風邪ですか、早く良くなるといいのですが……」

そう思いながらブロンを見ていると、トーヤの視界に予想外のものが浮かび上がってきた。

「……ん？　んん〜？」

「どうしたんだい、トーヤ？」

「……あー、いえ、そのー……少々お待ちいただけますか？」

突如として困惑し始めたトーヤを見て、ブロンは首を傾げている。

だが、トーヤはブロンの反応を気にしている余裕はなく、目の前のウインドウに視線を向けた。

そのウインドウはブロンから伸びて来ている。

（これは、ブロンさんの状態を鑑定したということでしょうか？　……風邪の症状は出ているが、薬のおかげで徐々に回復に向かっている、ですか。それなら安心できそうですね）

鑑定結果を見て、トーヤはホッと胸を撫で下ろす。

「お薬、しっかりと服用してくださいね。そうすればきっと治りますよ」

「もちろんだよ。何せ、お医者様が煎《せん》じてくれたものだからねぇ」

「あはは、確かにその通りですね」

自分がわざわざ言うことではなかったと思ったトーヤは頬を掻きながら苦笑する。

するとブロンは、少し考えたあとに口を開いた。

「……トーヤよ。君が持っているスキル、古代眼ではないね？」

突然の問い掛けに、トーヤはドキッとしてしまう。

「……えっと、それはどういうことでしょうか？」

「ふむ、トーヤはわしのことを鑑定したのではないかい？」

「あっ、はい。早く良くなってほしいと思っていたら自動的に……大変失礼いたしました」

自分のことが勝手に鑑定されていたのだから、不快に思われたかもしれない。

そう思ったトーヤが謝罪を口にすると、ブロンは首を横に振りながら微笑んだ。

「構わないさ。わしのためを思ってのことなのだろう？」

「……はい」

「だけどねぇ……本来、古代眼で人の詳細な鑑定はできないんだよ？」

「………えっ？　そ、そうなのですか？」

ブロンからのまさかの発言に、トーヤは言葉を失ってしまった。

「……ふふ」

しかし、ブロンはトーヤの反応を確認してしばらくすると、小さく笑みをこぼした。

「……ど、どうしたのですか？」

「トーヤはもう少し、嘘が上手くならないといけないかもしれないねぇ」

「嘘……あっ！　も、もしかして、今の言葉は嘘なのですか!!」

自分がカマを掛けられたと思ったトーヤは、思わず声を漏らした。

しかし、ブロンは穏やかな表情で続ける。

「いいや、本当だよ。ただ、トーヤは分かりやすく顔に出るなと思っただけなんだ。それよりスキルのこと、ジェンナ様には隠すよう言われているんじゃないのかい？」

「……仰る通りです。大きな声を出してしまい、申し訳ございませんでした」

病人を相手に大声を上げてしまった自分が恥ずかしくなり、トーヤはすぐに頭を下げた。

「警告のつもりとはいえ、からかったのはわしなんだから、謝らなくていいよ」

「……ありがとうございます、ブロンさん」

「いいよ。だが、そうか……古代眼よりも上ということは、トーヤの鑑定スキルは聖者の瞳かな？」

「仰る通りですが……ブロンさんは聖者の瞳について、ご存じなのですか？」

ブロンを相手に変に嘘をつくと、逆に墓穴《ぼけつ》を掘《ほ》ってしまうだろうと判断したトーヤは、素直に答えることにした。

それに、ブロンのことは信用しているし、もしかしたら聖者の瞳のことをブロンなら知っているのではないかと思ったのだ。

トーヤの問い掛けに、ブロンは軽く首を横に振りながら答えてくれた。

「残念だけど、多くは知らないね。わしが知っているのは、聖者の瞳は現在確認されている鑑定系のスキルで最上位だということと、人物の詳細な鑑定ができることくらいだ」

「そうなのですね」

トーヤはそう口にしながらも、内心では別のことを考えていた。

(女神様は、とてつもなく規格外なスキルを私に与えようとしていたのですね。聖者の瞳の効果すらこの世界ではまともに伝わっていないのに、それを飛び越えて叡智の瞳だなんて)

トーヤは転生する前に女神が語っていた内容を思い出す。

女神は最初にトーヤへ与えようとしていたスキル――叡智の瞳を、鑑定系スキルのトップだと語っていた。

もしもブロンの言葉が本当であれば、叡智の瞳は現在において存在すら知られていない、聖者の瞳よりもさらに珍しいスキルになる。

トーヤが女神の言葉をそのまま受け入れていれば、今以上に規格外のスキルを貰っていたことになり、様々な騒動に巻き込まれていたことは、想像に難《かた》くない。

(……いやはや、断っておいてよかったですね)

内心で大きくホッと胸を撫で下ろしていると、ブロンが真剣な面持ちで口を開く。

「トーヤよ、絶対に他の人に聖者の瞳を持っているとは知られないようにしなさい」

「はい」

その言葉で自分がジェンナとの約束を破ってしまったことを思いだし、トーヤは反省しながら答えた。

「加えて、古代眼と聖者の瞳について、もっと知識を蓄えた方がいいだろうね」

「聖者の瞳は分かりますが、古代眼についてもでしょうか?」

今持っているのは聖者の瞳なのだから、そちらについての知識だけでいいのではと思ったトーヤだったが、ブロンは落ち着いた口調で説明する。

「聖者の瞳と古代眼にはできることに差がある。古代眼にできないことを知らないとボロが出るかもしれないだろう。先ほどの人物鑑定のようにね」

「……なるほど。人物鑑定ができてしまう、それはつまり、聖者の瞳だとバレてしまう。ということですね？」

「その通り。安易《あんい》に鑑定結果を口にしていては、いずれトーヤが聖者の瞳持ちだということが露見してしまう。古代眼ならどこまで分かるのか、しっかりと自分で判断できるようにならなくてはね」

ブロンの説明を聞いたトーヤは、何度も大きく頷いている。

「仰る通りですね。ジェンナ様も聖者の瞳のことは知っているので、彼女と相談して、今後の対策を練《ね》りたいと思います」

「そうしなさい。ゴホッゴホッ！」

落ち着いていた咳がぶり返してきたこともあり、トーヤはブロンを落ち着かせることにした。

「もしよろしければ、台所にいさせてもらってもよろしいでしょうか？　しばらくしたら、また様子を見に来ますので」

トーヤが立ち上がりながらそう口にすると、ブロンは首を横に振った。

「何を言うんだい。心配して来てくれている相手を、台所に留めるなんてしないよ。廊下に出て右側の部屋が空いているから、そこを使うといい」

ブロンの言葉を受けて、トーヤは一度廊下へ顔を出し、右側にある扉へ視線を向ける。

「なんと、よろしいのですか？　ありがとうございます」

「お礼を言うのはわしの方さ。本当にありがとう」

「ブロンさんには何度もお世話になっておりますし、今回も聖者の瞳の件で助けられました。これは一つの恩返しだと思っていただければありがたいです」

微笑みながらそう口にしたトーヤは、廊下に出てから一度だけ振り返る。

「それではブロンさん、ゆっくりお休みください。何かありましたらすぐに呼んでくださいね」

「トーヤがいてくれると分かっただけで、心がだいぶ楽になった。これならゆっくりと寝られそうだよ」

ニコリと笑ったブロンが目を閉じると、すぐに寝息が聞こえてきた。

トーヤはホッと息を吐きながら、ブロンを起こさないようにゆっくりと、ドアを半分だけ閉じて隣の部屋へ移動し、そこに置いてあったベッドで仮眠を取るのだった。


夜遅くまでブロンの様子を見たトーヤは、眠りについたブロンにメモを残し、宿へ戻ることにした。

（今日は私が休みだったので遅くまで様子を見ることができましたが、明日は出勤ですし、どうしましょうか）

音を立てないよう、台所の裏口から外に出たトーヤは、改めて今後の予定を考えながら宿へと歩き出す。

(私一人では看病をするにも限界がありますし、どなたかに相談するべきでしょうか)

そこまで考えたトーヤは、相談できる相手について思案する。

(アグリ君に声を掛けて、ブロンさんを看病してもらうのはどうでしょう……いや、彼は私とは違って、本物の子供です。他人の看病をするとなれば、親御さんを心配させてしまうでしょう)

アグリに相談するにしても、彼一人に頼るのは良くないと再び思考を巡らせる。

(相談するならフェリ先輩やリリアーナさんでしょうか？　あっ、ジェンナ様に相談してもいいかもしれません。ブロンさんは私の前に専属鑑定士をしていたわけですしね)

彼女たちの性格を考えると、ブロンのことを放っておくとは考え辛い。

むしろ、ブロンの不調を聞けば看病をするためになんでも屋を訪れるかもしれない。

明日は出勤してすぐに相談しようと心に決めたトーヤの心は軽くなり、宿に到着してすぐにベッドへ横になる。

「ふわあぁぁぁぁ……今日はすぐに眠れそうですね」

仮眠を取りながらの看病だったが、肉体的な疲労だけではなく、精神的な疲労もトーヤには溜まっていた。

横になるとすぐに睡魔がトーヤを襲い、彼は一瞬で深い眠りに落ちたのだった。

◆◇◆◇

翌日、トーヤは出勤してからすぐにフェリへ声を掛け、ブロンのことを相談する。

「えぇっ!?　ブロンさん、体調を崩しちゃってたんだ」

風邪を引いて寝込んでいることを伝えると、フェリは心配そうな声を上げた。

「はい。それで、看病をしてあげたいのですが、私一人では限界がありまして……」

「そうだよね。うーん……よし、リリアーナさんにも相談してみよう！」

「ありがとうございます！」

フェリもブロンが心配になり、二人でリリアーナへ相談するべく、彼女の元へ向かう。

「あら、どうしたの？　二人そろって」

トーヤとフェリが近づいてくるのを見たリリアーナが問い掛けた。

「実は、ブロンさんが体調を崩しているようでして」

「そうなの？　年齢も年齢だし、心配ね」

リリアーナも心配の声を上げると、トーヤが昨日のことを説明する。

そして、どうにか看病のための時間を作れないかと尋ねた。

すると、リリアーナは口を開く。

「そういうことなら、私が休憩時間に様子を見に行ってあげましょうか？」

「ありがとうございます！　ですが、リリアーナさんだけでは大変です。相談した私も、もちろん様子を見に行かせていただきます」

「私も行きます！　ブロンさんにはアグリもお世話になっているんだもの！」

リリアーナの提案に、トーヤとフェリも嬉しそうに手を上げた。

「ダメよ、リリアーナ」

しかし、そこへ別の声が聞こえてきた。

「どうしてダメなのですか、ジェンナ様？」

声の主、ジェンナに問い掛けたのはトーヤだ。

「どうしてって、わたくしから見れば、どうして自分たちが忙しくなる選択をしているのか気になるわ」

「……えっと、それはどういうことでしょうか？」

ジェンナが言わんとしていることが理解できず、トーヤは聞き返してしまう。

「休憩時間にはきちんと休憩しなさいと言っているの」

「ですが、それではブロンさんの様子を見に行けないのです」

「シフトを調整すればいいのではなくて？」

「そんなことをしていいんですか、ギルマス！」

リリアーナがジェンナの意図を理解して声を上げた。

「構わないわ。ブロンは商業ギルドに長年貢献してくれた、大事な仲間ですもの。細かい時間の調整はリリアーナに任せるわ」

リリアーナは大きく頷くと、素早く指示を出す。

「フェリちゃん」

「は、はい！」

「悪いんだけど、今日は一日お休みね。ブロンさんの様子を見てきてちょうだい！」

「あ、ありがとうございます！」

そう答えると、フェリは出勤して間もないが、すぐに帰り支度を済ませ、商業ギルドを飛び出していった。

「トーヤ君は昨日お休みだった分、今日はよろしくね！」

「かしこまりました！」

トーヤはいつも以上に気合いを入れており、フェリの分まで仕事をこなすぞと燃えている。

「あー……でも、普段通りで構わないわよ。頑張り過ぎても大変でしょう？」

「何を仰いますか！　フェリ先輩がいない分、いつも以上に一生懸命頑張ります！」

「うふふ。本気になったトーヤがどれほどのものなのか、なんだか楽しみね」

リリアーナが自重するように伝えても、トーヤは聞く耳を持たずやる気に満ち溢れている。

そんなトーヤの姿を見たジェンナは、面白そうに笑った。

（……トーヤ君がやり過ぎないよう、目を光らせておかなきゃ！）

リリアーナは内心、本来の仕事とは全く違う部分で気合いを入れ、立ち上がった。

「それじゃあ、朝礼を始めます！」

リリアーナが号令を掛けると、本日の業務が開始された。

◆◇◆◇

トーヤが相談をしたその日から、ブロンの看病をするためのローテーションが組まれた。

初日はフェリが休みを貰っていたが、翌日はリリアーナが、その次の日はトーヤが休みを貰うことになった。

その期間は基本的には二階の自室で仕事をしているジェンナも時折一階へ顔を出し、職員の業務が上手く回っているか確認していた。

そんなトーヤたちの看病の甲斐もあり、ブロンの体調はみるみると回復していった。そして――

「あっ！　ブロンさん、お体は大丈夫なのですか？」

看病が始まってから四日後、トーヤが始業の準備をしていると、看病に向かったフェリとともにブロンが商業ギルドへ顔を出しに来た。

「おはよう、トーヤ。だいぶ回復してきてね。今日はみんなにお礼を言いに来たんだよ」

「そんな、お礼だなんて」

トーヤが遠慮がちに答えると、フェリが苦笑しながら事情を説明する。

「私もそう言ったんだけど、ブロンさんがどうしてもって言うからさ」

すると、話を聞きつけたリリアーナも現れ、口を開く。

「ブロンさんって、結構頑固ですからねー」

「リリアーナも、ありがとう」

「決定を下したのはギルマスです！　なので、お礼はギルマスにお願いしますね」

フェリもリリアーナも、トーヤと考え方は同じだった。

「「「それに、困った時はお互い様ですからね！」」」

三人が全く同時に同じことを口にすると、ブロンは思わず笑い声を上げながら言う。

「……ほほ！　確かにその通りだね。ありがとう、三人とも」

「そうだ！　ブロンさん、せっかくですから、ギルマスにも挨拶に行ったらどうですか？」

ポンと手を叩きながらリリアーナが提案した。

「できればそうしたいのだが、忙しくないだろうか？」

「今の時間なら問題ないと思います。それじゃあトーヤ君、案内お願いしてもいいかしら！」

「えっ？　私ですか？」

自分の名前が出てくるとは思わず、トーヤは首をコテンと横に倒した。

「ギルマスがトーヤ君を呼んでいたし、ついでってことで、ブロンさんと一緒に行ってきてちょうだい」

「……かしこまりました」

トーヤは返事をしつつ、何かやってしまっただろうかとここ数日の記憶を辿りだす。

「よし、それじゃあお願いできるかな、トーヤ」

「あ、はい。かしこまりました」

しかしブロンから声を掛けられると、慌てて頷いた。

そして彼と一緒に二階へと上がり、そのままジェンナの部屋の前に到着する。

――コンコン。

「トーヤです、お時間よろしいでしょうか」

扉が開いていたため、トーヤは扉をノックしてから中にいたジェンナへ声を掛けた。

「大丈夫よ。あら？　ブロンも来ていたのね」

執務机に置かれた書類を見ていたジェンナは顔を上げると、トーヤと一緒に部屋に入ったブロンを見た。

「お久しぶりでございます、ジェンナ様」

「体調はもう大丈夫なのかしら？」

「おかげ様で、だいぶ良くなりました。この度は誠にありがとうございました」

「いいのよ。それに、ブロンにはわたくしたちも長年お世話になってきたんですもの、当然だわ」

トーヤとブロンをソファへ促しながら、ジェンナは立ち上がって自らお茶を淹《い》れる。

そして、扉を閉めてソファに腰掛けた二人の前に、お茶を並べた。

「ブロンは一人暮らしなのだから、また何かあればいつでも頼ってちょうだいね」

「ご配慮、感謝いたします」

ジェンナの言葉にブロンが頭を下げながらお礼を口にすると、彼女の視線はトーヤへ向いた。

「トーヤも、ブロンのことを教えてくれてありがとう」

「こちらこそ、ご対応いただきありがとうございました」

微笑みながら言うジェンナに、トーヤも笑みを返す。

「それで、私に用があると伺ったのですが、何かありましたでしょうか？」

呼び出されたトーヤが理由を聞くと、ジェンナは少し困ったような表情を浮かべ、横目でブロンを見る。

その行動から、自身が秘密にしていること絡みだろうとトーヤは判断した。

すると、トーヤとジェンナの反応を見ていたブロンが、二人に先んじて口を開く。

「……もしかして、トーヤの聖者の瞳に関する話ですか？　それならご安心ください。彼が聖者の瞳を持っていることはわしも聞いております」

ブロンの告白を受けて、ジェンナは驚きの表情を浮かべたあと、すぐにトーヤを睨みつける。

「……トーヤ、どういうことかしら？」

「えっと、いや、その……」

「トーヤは何も悪くありません。わしが気づいてしまっただけなのです」

ジェンナの追及にあたふたし始めたトーヤだったが、ここでもブロンが口を開く。

「トーヤは体調の悪かったわしを心配して、こっそりと人物鑑定を行ってくれたのです」

「人物鑑定ですって？　……なるほど、それでブロンは、トーヤのスキルが古代眼ではないことに気づいたのね」

「そうです。わしも鑑定士の端《はし》くれですので、鑑定系スキルについて調べたことがありました。そこで、詳細な人物鑑定は聖者の瞳でなければできないのだと知っていたのです」

ブロンの説明を受けて、ジェンナは思案したあと、小さく息を吐いた。

「……はぁ。だとしても、トーヤはもう少しスキルの使用について気をつけてほしいものだわ」

「も、申し訳ございませんでした」

トーヤは申し訳なさそうに謝罪した。

「でもまあ、今回ばかりはお小言《こごと》もこれくらいにしておきましょう。トーヤのおかげで、ブロンも元気になったのだからね」

最終的に苦笑を浮かべたジェンナは、トーヤへの用件をその場で伝えることにした。

「わたくしなりに聖者の瞳について調べてみたわ。今日はそのことを伝えようと思っていたのだけれど……もしかすると、ブロンの方が詳しいかもしれないわね」

クスリと笑いながらジェンナがそう口にすると、一度立ち上がり執務机へ向かい、いくつかの書類を手に戻ってくる。

「これはわたくしが調べた聖者の瞳についての情報よ。一つには先ほどブロンが言っていた通り、人物鑑定について書かれているわ」

書類をトーヤへ手渡しながら、ジェンナはそう口にした。

トーヤはブロンと共に書類へ目を通すと、ブロンは頷く。

「……わしが知っている内容と基本的には一致しておりますね」

「もしもブロンの体調が問題なければ、トーヤと一緒に他の書類も見てくれないかしら。先輩鑑定士として気になる点があればトーヤに教えてあげて」

『先輩鑑定士』と言われたブロンは、柔和な笑みを浮かべながら一つ頷いた。

「ほほ。わしのような者で良ければ、お力になりたいと思います。とはいえ、わしもそこまでのことは知りませんが」

「いえいえ、よろしくお願いします、ブロンさん！」

「うむ、ではトーヤが良ければ、今日の仕事終わりにでも家に寄ってくれんか？　夕食の後で一緒に見よう。それに、話したいこともあるからね」

「問題ありません！　それでは終業後、寄らせていただきますね！」

その後、軽く話をし、トーヤとブロンはジェンナの部屋を出ると、ブロンはそのまま商業ギルドをあとにした。


商業ギルドの営業時間が終わり、トーヤは残った書類仕事を急いで終わらせると、早足でブロンのなんでも屋へと向かう。

途中、差し入れに果物を屋台で購入し、なんでも屋に到着すると裏口へと回り、扉をノックする。

「おぉ、早かったね。お疲れ様」

扉がすぐに開かれると、ブロンが笑顔で出迎えてくれた。

「お疲れ様です。失礼いたします」

ブロンに促《うなが》されて中へ入ったトーヤは、手に持っていた果物を食事用のテーブルに置く。

「こちら、どうぞ召し上がってください」

「気を遣わせてしまったね、ありがとう」

「いえいえ。お招きいただいたのですから、当然です」

ブロンは既に夕食の準備を終えており、台所には食欲をそそる香りが漂《ただよ》っている。

それは以前にトーヤが作った生姜焼きに似た香りであり、ブロンが自身の料理を参考に作ってくれたのだと嬉しくなった。

「疲れただろう。まずは腹ごしらえといこうかね」

「ありがとうございます」

それからすぐに、トーヤはブロンと夕食を取り始めた。

料理はとても美味であり、ブロンとの世間話にも花が咲く。

そしてあっという間に夕食を完食すると、お茶を楽しみながらブロンが今朝のことを口にする。

「そうだ、トーヤ。聖者の瞳についてなのだがね、書類を持っているかい」

「はい、持っています。一緒に見てください」

お茶を喉に流し込んだトーヤが返事をすると、姿勢を正して鞄から書類を取り出した。

二人は横に並んで書類に目を通していく。

そこには、先日ブロンが話したのと同じように、聖者の瞳には人物の詳細な鑑定ができることが記載されていた。

　加えてそれ以外にも、聖者の瞳なら集中すれば魔力すら見ることができること、古代の魔導具は詳細な鑑定ができないことが書かれている。

　そして、聖者の瞳でしか鑑定できない上位の魔獣や道具の種類などもいくつか記載されていた。

　ブロンが気になることも特になく、無事二人は書類に目を通し終えた。

　その後、ブロンは口を開く。

「ここに書かれていた、聖者の瞳でしか鑑定できないものはどれもなかなかお目に掛かれないものばかりだけど、だからこそ気をつけなければいけないね」

「それはどういうことでしょうか？」

「普段なかなか見ないからこそ、意識していないとポロッと鑑定結果を口に出してしまうかもしれない、ということだよ」

　ブロンにそう言われて、トーヤは古代の魔導具を鑑定した時のことを思い出した。

　もしも市長の妻が鑑定系スキルの知識を有していたら、トーヤが古代の魔導具を鑑定できたことで、聖者の瞳の持ち主だと気づいたはずだ。

　当時は意識していなかったが、自分は危険なことをしていたことに気づき、トーヤは改めて気を引き締める。

　自分の性格上、鑑定結果を素直に伝えてボロを出す可能性が高いと感じたのだ。

「確かに、気をつけなければなりませんね」

「特にトーヤはわしを助けてくれた時のように、人助けのためなら自分のことは二の次にしてしまいそうでな。そこからバレてしまい、辛い思いをしないかと心配だよ」

「自分からバラす可能性は……まあ、否定できませんね」

自分のことを二の次にしている自覚はないが、それでも聖者の瞳を使って人の命を救えるような状況が来たらトーヤは迷わず自分の力を使うつもりでいる。

しかし、ブロンは優しく注意する。

「相手のことを大事に思うのは大切だけど、自分のことを最優先に考えるんだよ」

「……善処《ぜんしょ》いたします」

「ここで素直に分かったと言わないあたりが、トーヤなんだろうね」

トーヤの返答に苦笑を浮かべながら、ブロンは話題を変える。

「そうそう、聖者の瞳の話とは別に、トーヤに伝えたいことがあったんだよ」

「ジェンナ様の部屋でもそのように仰っていましたね。どのようなことでしょうか？」

何事だろうと思い、トーヤは聞き返した。

「体調を崩した時、トーヤが助けてくれて本当に嬉しかった。年だからかねぇ、わしはあの時とても不安だったんだよ」

そう語り出したブロンの表情は、トーヤからはどこか寂《さび》しそうに見えた。

「これから話すことはわしの我儘だ。断ってくれても構わない」

そこまで口にしたブロンは、一度言葉を切り、柔和な表情でトーヤを見た。

「トーヤが良ければ、この家で一緒に暮らさないかい？」

「え？　私が、ブロンさんのお家に？」

まさかの提案に、トーヤは驚きの声を上げた。

「看病をしてもらっている時にリリアーナから、トーヤが宿暮らしで、しかも家を探していると聞いてね。この家なら部屋も余っているし、どうかなと思ったんだ。とはいえ先ほども言ったが、迷惑なら断ってくれても構わない。わしが安心して暮らしたいという思いだけの提案だからね」

ブロンは気を遣わせないように言うが、トーヤは慌てて返事する。

「そんな、迷惑だなんて！　少し驚いてしまいましたが、その、とても嬉しい提案だと思っております。ですが……その、お子様などはいらっしゃらないのですか？」

ブロンの亡くなった妻のことは以前に聞いていたが、それ以外の家族の話を聞いたことはなかったため、トーヤは尋ねた。

「一人いるが、もう独り立ちしているよ。自分の家庭を持ち、幸せに暮らしている」

「そうだとしても、私のような誰とも分からない子供が転がり込んでもいいのですか？」

「もちろん。トーヤだから、わしもお願いをしているんだよ。むしろトーヤは嫌じゃないかい？」

自分だからと言われたトーヤは、とても嬉しく、そして誇らしくなった。

スフィアイズに転生してから今日まで、まだまだ生きてきた時間としては短いものの、その生き方がブロンに認められたような気がしたのだ。

今のトーヤにはブロンの提案を断る理由がどこにもなかった。

「……嫌だなんて……あの、ぜひよろしくお願いいたします」

「おぉ！　本当かい！」

トーヤの言葉を聞いて笑みを浮かべたブロンは続ける。

「それで、トーヤは荷物は多いのかい？　部屋はこの前に仮眠を取ってもらったところを使ってもらおうと思っているんだが、大丈夫かな」

荷物について聞かれたトーヤは、アイテムボックスについてはまだブロンに話していないことを思い出した。

ブロンの家で生活するにあたり、別世界の人間であることは伝えなくても問題はないと思ったが、アイテムボックスについては別だと感じた。

トーヤは自身の荷物をほとんどアイテムボックスに入れているため、引っ越しの際に違和感を抱かれるかもしれない。

また、引っ越しの時は誤魔化せても、同じ屋根の下で暮らすとなれば、いずれバレてしまう可能性だって少なくない。

（……ブロンさんになら、問題ないですよね）

トーヤは僅かに思案し、結論を出した。

それは彼がブロンのことを信頼しており、彼になら全てを話してもいいとすら思っているからだ。

トーヤは口を開く。

「荷物は多いといえば多いのですが、少ないといえば少ないです」

「……どういうことだい？」

「実は私、アイテムボックス持ちでして」

「………………ほほ！　それは驚いた！」

トーヤがアイテムボックス持ちだと告白すると、ブロンは目を見開いて、面白そうに笑った。

「この歳になって、こう何度も驚くことがあるなんてね！　長生きはしてみるものだ」

「すみません。いろいろな方に口止めされていまして、今日まで黙っておりました」

黙っていたことを謝罪すると、ブロンは首を横に振る。

「気にしないでいいよ。聖者の瞳と同じで、アイテムボックスに関しても口外しないのが普通だ」

「……ありがとうございます」

ブロンからも、ダインたちやリリアーナ、ジェンナと同じことを言われ、トーヤは出会ってきた人に恵まれているなと心底から感じた。

「そうなると、部屋の大きさは問題なさそうだね。いつ頃こっちへ来られそうだい？」

「宿を引き払ってからになりますが、荷物はアイテムボックスに入れられるので、早ければ明日か明後日には」

「そんなに早くかい！　嬉しい話だ！」

ブロンはそう口にしながら、楽しそうに笑った。

そんな彼の表情を見ていたトーヤも嬉しくなり、楽しくなり、ブロンの家での生活を想像しただけでワクワクが止まらなくなった。

「明日か明後日か分かりませんが、これからどうぞよろしくお願いいたします、ブロンさん」

「こちらこそよろしく、トーヤ」

聖者の瞳についての相談から、まさかブロンの家に住むという流れになるとは思ってもいなかったトーヤ。

(嬉しい話だとブロンさんは仰いましたが、それは私のセリフですね)

それからトーヤは宿を引き払うため、ブロンに断りを入れてから家をあとにしたのだが、その足取りはとても軽やかだった。

◆◇◆◇

翌日、トーヤはいつもより早起きをすると、朝食のため食堂へ移動する。

「おや？　トーヤじゃないか。今日は随分と早いんだね」

「実は女将さんにお伝えしたいことがありまして」

そう前置きを口にしたトーヤは、女将に宿を引き払うことを伝えた。

「えぇっ！　なんだい、ラクセーナを離れちまうのかい？」

「いいえ、違います。実は別で住まいを見つけまして、そちらに移動することになりました」

女将の質問に答えながら、トーヤは朝食を注文していく。

「そうかい。寂しくなるけど、また宿を利用したくなったらいつでもおいで！　それに、食堂は泊まらなくても利用できるからね！」

「はい。ありがとうございます、本当にお世話になりました」

それからトーヤは宿の食堂で取る最後の朝食を堪能すると、自室に戻り部屋の掃除を行っていく。

普段からきれいに部屋を使っているので目立ったゴミなどはないが、それでもラクセーナに来てから今日までお世話になった部屋である。

トーヤは丁寧に掃除を終わらせると、最後に忘れものがないかをチェックしてから、宿をあとにし、そのまま商業ギルドへと仕事に向かう。

商業ギルドに到着すると、すぐにフェリとリリアーナへ引っ越しの報告をした。

「そうなの！　トーヤ君、よかったね！」

「ブロンさんも嬉しいと思うわよ！」

フェリもリリアーナも、トーヤがブロンの家で暮らすと知り、とても喜んだ。

「それじゃあ今日は急いで仕事を終わらせないとだね！」

「サポートするよ、トーヤ君！」

「フェリ先輩も、リリアーナさんも、ありがとうございます」

こうしてトーヤは今日一日、いつも以上に張り切って仕事に取り組んでいった。


そして、終業後。

「お先に失礼いたします！　お疲れ様でした！」

誰よりも早く仕事を片づけたトーヤは、足早に商業ギルドを飛び出すと、その足でブロンのなんでも屋――否、ブロンの家へと向かう。

これからはあそこはお店ではなく家になるのだと考えると、トーヤの胸は自然と弾んでいた。

「……着きましたね」

いつもより早足になっていたため、家に到着したトーヤの息は少しだけあがっていた。

肩は上下に動き、疲れも感じていたが、その疲れは不思議と心地良いものだった。

「店舗の扉には閉店の看板がありますね。裏口に回りましょうか」

裏口へ回っている間、トーヤの胸が高鳴《たかな》っていく。

不安からではなく、これから始まる新生活への期待からだ。

裏口の前で一度深呼吸をしてから、トーヤは扉をノックする。

――コンコン。

すると、家の中から足音が扉の方へ近づいてきた。

その足音が扉の前で立ち止まると、ゆっくりと扉が開かれていく。

「早かったね。おかえり、トーヤ」

柔和な笑みで迎えてくれたブロンを見て、トーヤは満面の笑みを浮かべる。

「ただいま、ブロンさん」

誰かに迎えられて帰宅したのは、前世を含めても何年ぶりだろうか。

数えてみようと思ったが、トーヤはすぐに考えるのをやめた。

今この時に、過去のことを思い返しても意味がないと思ったからだ。

今は今ある感情を大事にし、素直にこの気持ちを受け入れようと考えたからだ。

温かな気持ちを胸に、トーヤはブロンが待つ家の中へと入っていったのだった。

◆◇◆◇第五章：トーヤ、友達と遊びに行く◇◆◇◆

翌日、目を覚ましたトーヤは、見慣れない天井を見ると、自然と笑みを浮かべていた。

「……夢ではなかったようですね」

ブロンの家で過ごすことになったトーヤは、スッキリとした朝の目覚めを迎えていた。

「さて、ブロンさんへ挨拶をしにいきましょう！」

元気よくベッドから飛び出したトーヤは、弾むような足取りで一階へと下りていく。

すると階段には、台所からの食欲をそそる香りが漂っており、トーヤは思わず鼻を動かした。

「すー……はー……美味しそうな匂いですねぇ」

「おはよう、トーヤ」

鼻で深呼吸をしていたところへ、ブロンから朝の挨拶で声を掛けられた。

「……お、おはようございます。いやはや、お恥ずかしい」

まさか匂いを堪能しているところを見られてしまうとは思わず、トーヤは少しだけ頬を赤くしな

がら挨拶を返した。

「もうすぐ出来上がるから、座って待っていてくれ」

「それでしたらお茶を淹れておきますね」

「あぁ、助かるよ。ありがとう」

朝の何気ない会話だが、それがトーヤもブロンも嬉しかった。

お互いに笑みを返すと、トーヤはお茶を淹れ始め、ブロンは朝食の仕上げに取り掛かる。

そうして朝食の準備が出来上がると、二人はテーブルを挟んで向かい合うように座った。

「それでは、いただきます」

「あぁ、いただこう」

最近のブロンはサンドイッチにはまっており、挟む具材をいろいろと変えながら、朝食を作っている。

今日のサンドイッチはスクランブルエッグと薄く切られたお肉を挟んだもので、お肉はカリカリに焼かれていた。

トーヤはサンドイッチを手に取り、食べる。

ふわふわのスクランブルエッグと、カリカリのお肉の食感が楽しいだけでなく、味付けもやや濃いめながらも、うまく調和されていた。

「とても美味しいです、ブロンさん！」

「そう言ってもらえると嬉しいね。これからは朝食を作るのも楽しくなりそうだよ」

その後、二人は他愛《たあい》のない会話で盛り上がり、食事を終えるとトーヤは部屋へと戻り、出勤の準備を始める。

見慣れない部屋の光景が、トーヤにはとても新鮮であり、嬉しくもあった。

「……よし、いきますか！」

気合いを入れて再び一階に下りると、ブロンが見送りのため待っていてくれた。

「忘れものはないかな？」

「大丈夫です！」

「それじゃあ、いってらっしゃい」

「はい！　いってきます！」

家を出る時の挨拶ですら嬉しいやり取りとなり、トーヤの足取りは自然と軽やかになっていた。

◆◇◆◇

トーヤがブロンの家で暮らし始めてから三日が経った。

仕事が休みの彼は今日アグリと遊ぶ約束をしているのだが、場所はいつもと違いなんでも屋ではない。

「いってきます、ブロンさん」

「あぁ、気をつけていくんだよ」

ブロンに声を掛けてから家を飛び出したトーヤは、その足で待ち合わせ場所へと向かう。

その場所はトーヤが宿に泊まっている時に何度も通り過ぎていた建物の前だった。

(今日はいったい何をするのでしょうか？　アグリ君は教えてくれませんでしたね)

そんなことを考えながら、一人街を歩くトーヤ。

トーヤを驚かせようとしているのか、アグリは頑《かたく》なに何をするのかを教えてくれなかった。

だが、それはそれで面白いと思っていたトーヤも追及することはなく、今日に至っている。

何があるのか楽しみにしながら歩いていると、待ち合わせ場所が見えてきた。

「おや？　あの子たちは……」

すると、待ち合わせ場所には以前に顔を合わせたことのある子供たちが二人、何をするでもなく立っていた。

(うーん、彼らにはあまり良い思い出はないのですが、どうしましょうか？)

足を止めたトーヤは、二人の少年と顔を合わせた時のことを思い出す。

彼らと出会ったのは、先日行われた街の創設を祝う祭り——創建祭《そうけんさい》の日だった。

トーヤとアグリが一緒に祭りを楽しんでいたところに彼らは現れたのだ。

彼らはアグリのことを苛《いじ》めており、その日もバカ、バカと悪口を言い続けた。

トーヤは彼らに反論したものの、最終的には口で勝てないと思った少年の一人が拳を振り上げ、それがトーヤを庇《かば》ったアグリの頬に当たってしまったのだ。

そんな過去があるため、トーヤは彼らにあまり良い感情を持っていない。

トーヤは少年たちを見ながら考える。

（このまま離れてもいいのですが、そうするとアグリ君が彼らと顔を合わせることに――）

「あれ？　なあ、あいつって……」

「なんだ？　……あー、マジかよ」

これからどうしようかと悩んでいたところ、二人の少年はトーヤの存在に気づき、声を上げた。

（隠れておくべきでしたかね。しかし、バレてしまったのですから、仕方ありません）

お互いの存在に気づいたのならもう仕方ないと思い、トーヤは歩き出す。

二人の少年は何かを言うでもなく、黙ったままトーヤのことを見ていた。そして――

「お久しぶりです」

待ち合わせ場所に到着したトーヤが、二人の少年に声を掛けた。

「……お、おう」

最初に返事をしたのは、灰髪の少年だ。

「……あの時は、ごめんな」

続けて創建祭の時のことで謝罪を口にしたのは、アグリを殴ってしまった赤髪の少年である。

「創建祭の時の謝罪は既に受け取っております。それに、私は殴られておりませんから、お気になさらず」

気まずそうにしていた二人を見て、トーヤは柔和な笑みを浮かべながら答えた。

「「……………」」

それからしばらく、三人は何かを喋るでもなく、ただ黙ってお互いの様子をなんとなく見ている。

トーヤはアグリを待っているのだが、二人の少年もその場を離れることはなく、ただ黙って近くの壁にもたれていた。

「……お二人は何をされていたのですか？」

ただこの場に留まっている二人が気になり、トーヤから質問してみた。

「あー……その、なんだ」

「あぁ、言い難いことでしたら構いませんよ。ただ気になっただけですので」

灰髪の少年がモジモジしていたので、トーヤは気を遣ったが、今度は赤髪の少年が口を開く。

「いや、そうじゃないんだ……俺たちはアグリに呼ばれてここで待ってるんだよ」

「えっ？　アグリ君ですか？」

「そうなんだ。でもあいつ、遅刻してるんだよ」

「……えっと、私もアグリ君に呼ばれてこちらに来ました」

「「……えっ？　そうなのか？」」

まさかの事実を聞かされたトーヤが自身の予定を話すと、少年たちは驚きの声を上げた。

「あっ！　いたいた、おーい！」

すると、遅れていたアグリの声が通りの奥から聞こえてきた。

「ごめん、寝坊したわ！」

笑いながらそう口にし、トーヤたちと合流したアグリ。

トーヤたちは気まずい雰囲気を作った張本人へついジト目を向けてしまう。

「……ん？　どうしたんだ？」

アグリは状況がよく分からず、なぜ三人がこちらを見ているのかと思い首を傾げている。

「……はぁ。アグリ君は、お二人と仲直りしたということでいいのですか？」

トーヤはこれまでの様子から推測したことを、少し呆れながら口にした。

するとアグリは笑顔で頷く。

「おう！　そんで、せっかくだからトーヤとも仲良くなってもらいたくて、呼んだ！」

すると、今度は灰髪と赤髪の少年が口を開く。

「お前なぁ、そういう大事なことは先に言っておけっての！」

「何をするか言わなかったのは、俺らを驚かせようとしたってことかよ」

その言葉を聞いて、トーヤは思わず声を漏らす。

「お二人も何をするか聞いていなかったのですね」

「って、お前も聞いてなかったのかよ⁉」

「……はい」

アグリだけが楽しそうに笑っており、トーヤや二人の少年は呆れ顔をした。

その後、トーヤは小さく息を吸い込んでから、切り替えるように口を開く。

「……まあ、いいですかね。それより、お二人のことをなんとお呼びしたらいいでしょうか？　私のことはトーヤで構いません」

いまだに名前を聞いていなかった二人の少年に問い掛けると、最初に灰髪の少年が口を開く。

「俺はサズだ」

トーヤは続けて赤髪の少年へ視線を向ける。

「……俺は、リブト」

「サズ君にリブト君ですね。これからよろしくお願いいたします」

微笑みながら手を差し出したトーヤを見て、サズとリブトは一度顔を見合わせる。

「……よろしくな、トーヤ！」

「よろしく」

サズが最初にトーヤの手を握り返すと、続けてリブトもトーヤと握手《あくしゅ》を交わした。

「よーし！　それじゃあ遊びに行こうぜ！」

トーヤとサズ、リブトが仲直りしたことで、アグリは嬉しそうに声を上げながら歩き出す。

そんな彼についていこうとしたトーヤたちだったが、アグリは突然立ち止まった。

「……どうしたのですか、アグリ君？」

「なんで止まってんだ？」

「早く行こうぜ？」

トーヤたちが口々に声を掛けると、アグリは普段と変わらない表情で振り返る。

「……どこ行く？」

「「はあっ⁉」」

サズとリブトは同時に目を見開いた。

トーヤも驚いた顔で尋ねる。

「……ア、アグリ君？　もしかして、今日の予定を何も決めていないのですか？」

「おう！　三人を驚かせることしか考えてなかった！」

まさかの事実に、トーヤもサズもリブトも、開いた口がふさがらなかった。

しかし、アグリは特に気にした様子も見せずに笑っている。

「まあ、いつものことだしどうにかなるって！」

「……ど、どうしましょうか？　私も外から来た人間ですので、遊べる場所は分からないのです」

仕事では頼りになるトーヤも、さすがに子供の遊びはあまり知らない。

というか、この辺りに遊べる場所があるのかどうかも分かっていない。

すると、半《なか》ばやけくそといった様子でサズとリブトが声を上げる。

「……だあぁぁ～、もう！　分かったよ！」

「俺たちが案内するから、ついてこい！」

「やったぜ！　行こう、トーヤ！」

嬉しそうに声を上げたアグリを見て、トーヤは苦笑しながら言う。

「あはは……まあ、これがアグリ君ということですかね。それでは、よろしくお願いいたします。サズ君、リブト君」

こうしてトーヤとアグリは、サズとリブトについていくことになった。

前を歩くサズとリブト、後ろを歩くトーヤとアグリ。

創建祭でのやり取りを覚えている人が見れば、いじめっ子がいじめられっ子を引き連れている光景に見えたかもしれない。

しかし、実態は異なっている。

「トーヤが仕事の時とか、サズやリブトとたまーに遊んでたんだよ！　友達と遊ぶのって楽しいな！」

「なんと、そうだったのですね！」

トーヤとアグリは、とても楽しそうに会話をしながら歩いていた。

そんな彼らの前で、サズとリブトは小声で話し合う。

「……トーヤ、俺たちのこと怒ってないのかな？」

「……分からねぇ。でも、一緒に遊んでくれるんだから、怒ってないんじゃないか？」

先ほどトーヤと握手をしたサズとリブトだが、まだ表情がどこか硬かった。

すると、前を行く二人へアグリが声を掛ける。

「なあ！　サズ、リブト！」

「うおっ！　……な、なんだ？」

「なんで驚いてんだ？」

突然声を掛けられたのでサズが驚きの声を上げると、アグリはコテンと首を横に倒す。

「なんでもない。それで、どうしたんだ？」

サズの隣でリブトが小さく息を吐きながら問い掛けた。

「どこに向かってるんだ？」

「それは私も気になっていました」

アグリの質問にはトーヤも同意を示す。

それに答えたのはサズだった。

「どこって、射的屋《しゃてきや》だけど？」

「射的屋ですか？」

「射的屋ってなんだ？」

トーヤとアグリにはどんな場所か見当がつかなかったが、今度はリブトが口を開く。

「的《まと》に玉を当てて落とす遊びができる場所。そんで、的を落とせたら景品が貰えるんだ」

「景品が貰えるのか！」

「まあ、落とせたらだけどな」

楽しそうに声を上げたアグリだったが、サズは難しい顔で首を傾げる。

「これが難しいんだよ！　なかなか当たらないし、当たっても倒れないしよー」

「簡単に倒れてしまっては、射的屋さんが大赤字でしょうしね」

「だからって全然倒れないのもどうかと思うけどな！」

トーヤの言葉にサズが肩を竦めると、リブトが遠くを指さす。

「景品が貰えなくても楽しいから、俺は気にしないけどな。ほら、見えてきたぜ」

「どれどれ！」

アグリは先頭に移動し、前を見た。

リブトが示した先には、日本のお祭りで見られる屋台のような出店が建っている。

屋台の前には子供たちが集まっており、カウンターの向こう側には老婆《ろうば》が椅子に腰掛け、ニコニコしながら子供たちの相手をしていた。

「おばあちゃん！　あと一回！」

「いいけど、順番だよ。それと、お小遣《こづか》いはあるのかい？」

「あっ！　……ない」

「それじゃあおしまいだ。ほら、これをあげるから元気をお出し」

お金がないと落ち込んでしまった子供に対して、老婆はお菓子を渡し、手を振った。

子供たちは老婆に手を振り返すと、ぞろぞろとその場を去っていく。

「おっ！　ちょうどタイミングがよかったな！」

「すぐにできそうだし、いこうぜ！」

サズとリブトが駆け出すと、トーヤとアグリは追い掛けていく。

「ばっちゃん！　五回やらせて！」

「俺も五回！」

「あぁ、サズにリブトじゃないか。いいよ、五〇ゼンスだ」

二人は何度も通っているため、老婆に名前を覚えられていた。

サズとリブトは慣れたように五〇ゼンスをカウンターに置くと、射的用の道具を手にした。

「おや？　あれはパチンコのようですね？」

「パチンコってなんだ？」

射的の道具を見たトーヤが思わず呟くと、アグリが横で聞き返してきた。

「おや？　そこの坊やはパチンコを知っているのかい？」

トーヤとアグリのやり取りは老婆にも聞こえており、老婆から声を掛けられた。

「昔、何度かお目に掛かったことがあります」

「へぇ、子供が知っているなんて珍しいね」

トーヤと老婆が会話を始めようとすると、サズが急《せ》かすように声を掛ける。

「なあ、ばっちゃん！　早く！」

「あぁ、すまないね。はい、玉だよ」

老婆がパチンコの玉をサズとリブトの前に置くと、二人はパチンコにセットしてからグッと後ろに引っ張り、カウンターの奥にある的を見つめる。

カウンターは二人が同時に横に並んでも邪魔にならない大きさになっていた。

「…………うりゃ！」

「…………えいっ！」

サズもリブトも、正面にある一番近い円柱状の的を狙って玉を飛ばしたが、玉はどちらも当たらずに後ろの壁に飛んでいった。

「あぁー！　外したー！」

「くそっ、次だ！」

次々にパチンコに玉をセットして、的を狙って飛ばしていくが、なかなか当たらない。

最後の一発だけは二人とも的に当てていたが、当たり所が悪かったのか、的は台から少しズレただけで、倒れるまでには至らなかった。

「だぁー！　ダメだー！」

「また倒せなかったー！」

「残念だったね。どうする、まだやるかい？」

変わらない笑みを浮かべたまま老婆が問い掛けると、サズとリブトは振り返り、トーヤとアグリに声を掛ける。

「今度はアグリとトーヤだ！」

「マジで！　いいのか！」

「順番だからな！」

悔しそうな声音のサズとリブトだが、そう言って少し後ろに下がった。

トーヤがチラリと後ろを見ると、自身の後方で順番を待つ幼い子供たちが目に入った。

アグリは嬉しそうな様子で、トーヤの腕を引っ張り一緒に前に出る。

「俺も五回！」

「では、私も五回にしましょうか」

アグリが元気よく五回と口にしたので、トーヤもそれに倣《なら》うことにした。

「五回だね。はい、玉だよ」

老婆が玉を用意してくれると、すぐにアグリはパチンコに玉をセットした。

「よーし！　………………どりゃ！　あぁー、外れた！　次だ！」

アグリも次から次へと玉をセットしては、的を狙って飛ばしていくが、当たらない。

結局、アグリは一発も的に当てることができず、あっという間に五回を終えてしまった。

「えぇっ！　も、もう終わり⁉」

「ちゃんと狙わないと、的には当たらないよ」

「それでは、次は私ですね」

トーヤはゆっくりとパチンコに玉をセットする。

「……では、いきます」

ゆっくりと玉を後ろへ引いていき、左目を閉じ、右目だけで的を見据える。

サズやリブト、アグリのようにすぐには飛ばさず、じっくりと狙いを定めていく。

「…………！」

体が揺れて狙いがズレないよう、言葉は発さず、軽く息を吐きながら玉を飛ばした。

——ガタンッ！

トーヤが放った玉は、円柱の的のギリギリ端っこに一発で当たり、そのまま的を倒した。

「「「……す、すっげえええええっ‼」」」

的に当てただけではなく、一発で倒してしまったトーヤに他の三人は驚きの声を上げた。

「なんとまあ！　坊や、すごいね！」

驚いたのはアグリたちだけではなく、老婆も同じだった。

「いやはや、たまたまですよ」

こうも上手くいくとは思わず、トーヤは苦笑しながら頬を掻く。

「玉が余ってしまいましたね。あの、こういう場合はどうしたらいいのでしょうか？」

トーヤもまさか一発で倒せるとは思っておらず、老婆に尋ねた。

「そのまま坊やが遊んでもいいし、他の子に譲ってもいい。もちろん、返金もできるよ」

老婆の答えを聞いたトーヤは、チラリと後ろへ視線を向ける。

そこには玉をどうするのかと、期待に胸を躍《おど》らせているアグリたちの姿があった。

「……いいですよ。アグリ君たちに譲ります」

トーヤが微笑みながらそう言うと、三人は満面の笑みを浮かべる。

「「「いいのか！　やったー！」」」

「でも、玉の配分はケンカをせず、相談して決めてくださいね」

「「「分かった！　ありがとう！」」」

トーヤがサズとリブトに一発ずつ、アグリに二発の玉を手渡すと、三人は相談を始める。

アグリたちが相談している間、老婆は屋台の後ろから持ってきた景品をトーヤに手渡した。

「これが的を倒した人への景品だよ」

「これは……ぬいぐるみ、ですか？」

老婆が手渡してくれたのは、トーヤと同じくらいの大きさのクマのぬいぐるみだった。

「わしの手作りなんだけど、貰ってくれるかい？」

ぬいぐるみを抱きながら、トーヤは屋台の隅《すみ》へ視線を向ける。

意識して見てみると、そこには小さいサイズのぬいぐるみがたくさん並んでいた。

「あちらのぬいぐるみも手作りなのですか？」

「そうだよ。子供たちが喜んでくれるからね。その笑顔を見るのが楽しみなんだ」

そう口にした老婆の表情も笑みを浮かべていた。

「……そういうことでしたら、あちらの小さなぬいぐるみをいただいてもよろしいでしょうか？」

老婆の話を聞いたトーヤは、そう言って後ろを指さした。

「せっかく的を倒したのに、いいのかい？」

「はい。こちらの大きなぬいぐるみは、私よりも小さい子供たちの憧れの的のようですしね」

小声で呟くトーヤ。

彼は後ろに並ぶ子供たちが、羨ましそうに大きなぬいぐるみを眺めていることに気づいていた。

そのことを老婆も察し、柔和な笑みを浮かべてトーヤを見る。

「……ありがとう、坊や」

その言葉を聞き、トーヤが微笑を浮かべた。

その直後、前方からアグリの悲鳴が聞こえてくる。

「だぁー！　ダメだ、外れたー！」

「最後の一発は頼むぞ、リブト！　お前が一番近かったんだからな！」

サズがそう言うと、リブトは緊張したように答える。

「……ま、任せろ……うりゃ！　あああっ！」

しかし、その玉も的に当たることはなかった。

がっくりと大きく肩を落として戻ってきたアグリたちを見て、トーヤは苦笑する。

「お疲れ様でした」

「……いや、あれを落とすなんて、トーヤ、マジですげえな！」

「だよな！　しかも一発でだぜ、一発！」

「なあ！　あれってどうやったんだ！」

トーヤが声を掛けると、三人は先ほどまでのどんよりとした雰囲気はどこへやら、元気を取り戻して笑顔になった。

「先ほども言いましたが、たまたまです」

「本当か？」

アグリは気になった様子で言うが、トーヤは微笑んだまま答える。

「本当ですよ。上手くいった時は私も自分で驚いてしまいました」

すると、その言葉を聞いたサズとリブトは大きく頷いた。

「でもまあ、そうだよなー」

「たまたまってことは、次は俺たちでも倒せるかもしれないってことだしな！」

「よーし、次は絶対に倒してみせるぜ！」

最後にアグリたちがそう口にしたところで、老婆がトーヤへ小さいぬいぐるみの景品を持ってきた。

だが、それは一つではなく、四つだった。

トーヤは老婆に近づき、小声で尋ねる。

「えっ？　あの、多くないですか？」

「大きいぬいぐるみの代わりが、小さいぬいぐるみ一つでは寂しいだろう？　だから、お友達とお揃《そろ》いにしてあげようと思ってね」

老婆が微笑みながら小さいクマのぬいぐるみを四つ、トーヤに手渡してくれた。

「あれ？　トーヤ、景品ってそれなのか？　さっきの大きいやつは？」

その様子を見たアグリがそう問い掛けた。

子供のために貰わなかったと言うのも気恥ずかしくなり、トーヤは答える。

「私一人だけが景品を貰うのはどうかと思いましてね。こちら、一人ずつどうぞ」

「「「いいのか！　やったー！」」」

全く同じセリフを先ほども聞いたなと思い苦笑したトーヤだったが、すぐにその表情は柔和なものへと変わる。

そして小さいクマのぬいぐるみをアグリたちに手渡していった。

三人とも嬉しそうに受け取ると、それぞれが自分が受け取ったぬいぐるみを自慢し始める。

「俺のは茶色ー！」

「赤の方が格好いいだろ！」

「灰色だぜ！　……あれ？　全員、髪の色と同じやつじゃね？」

老婆が気を利かせたため、四体のクマのぬいぐるみはリブトが口にした通り、それぞれの髪の色と同じ色をしていた。

「私のは黒ですね」

「「……黒って、微妙だなー」」

「えぇっ!!　ちょっと、皆さん!?」

自分では格好いいと思った黒いクマのぬいぐるみだったのだが、まさか三人から同時に微妙と言われるとは思わず、トーヤは声が大きくなってしまった。

「冗談だよ、じょーだん！」

「全部格好いいって！　よし、それじゃあ別のところに行くか！」

そう言って笑い、歩き出すアグリとサズ。

「でも、本当にこれを貰っていいのか、トーヤ？」

しかし、リブトだけは残ったまま、申し訳なさそうに声を掛けてきた。

「構いません。仲直りできた記念ということで、受け取っていただけると嬉しいです」

「……分かった。本当にありがとな」

「はい」

恥ずかしそうにお礼を口にしたリブトに、トーヤは笑みを返した。

リブトは赤くなった顔を隠すように、すぐにアグリとサズのところへ向かい、再び自分のクマのぬいぐるみを自慢し始めた。

射的屋を離れる前に、老婆へ頭を下げるトーヤ。

「……ありがとうございました。それでは、失礼いたします」

「またおいで」

老婆は笑みを浮かべながら手を振った。

アグリたちに追いつくため駆け出そうとしたトーヤだったが、その直前、一人の女の子に声を掛けられる。

「あ、あの！」

「おや？　どうしましたか？」

自分の胸くらいの身長の少女の目線に合わせて、しゃがんでから声を掛けたトーヤ。

「あのおっきなクマさん！　おいてってくれてありがとう！」

少女は笑顔で屋台の奥に置かれている大きなクマのぬいぐるみを指さした。

「……みんなのクマさんですものね。頑張って的を倒してくださいね」

「うん！」

満面の笑みを浮かべた少女に微笑み返し、トーヤは一人ゆっくりと歩き出す。

「……やはりあちらは、子供たちの憧れの的でしたね」

「おーい！　トーヤ！　何してんだー！　遅いぞー！」

少女と話している間にだいぶ先へ行っていたアグリから声が掛かった。

「はーい！　今行きまーす！」

手を振りながら答えたトーヤは、今度こそアグリたちの方へ駆け出していく。

「何してたんだ？」

「ふふ。なんでもありませんよ」

アグリの問いに答えると、今度がサズとリブトが口を開く。

「それじゃあなんで笑ってんだ？」

「お前、言葉遣いといい、変な奴だよなー」

「変は酷くありませんかね？」

変な奴認定されてしまい、トーヤは困ったような声を上げた。

「「いいや、トーヤは変な奴だよ」」

「そこは声を揃えるところではありませんよね⁉」

アグリたちは大笑いし始め、トーヤは頬を膨らませる。

「もう！　なんで笑うのですか！」

「いや、トーヤって本当に面白いよな！」

「それに変な奴だ！」

「でもすごい奴だよな！」

「貶すのか、褒めるのか、どっちかにしてください！」

それからトーヤたちは何気ない会話で盛り上がり、その後も日が暮れるまで四人で楽しく遊び続けたのだった。

◆◇◆◇第六章：トーヤ、お願いされる◇◆◇◆

「トーヤ、ちょっといいかしら？」

アグリたちと遊んでから七日後、商業ギルドの営業時間が終わり、書類整理をしていると、神妙な面持ちのジェンナから呼び出しが掛かった。

「かしこまりました」

いつもと違って雰囲気が重いのを感じ取ったトーヤは、すぐに返事をして立ち上がった。

「残りの書類整理は私がやっておくね」

「ありがとうございます、フェリ先輩」

フェリにお礼を口にしてから二階へ向かい、そのままジェンナの部屋へ入る。

「何かあったのですか？」

部屋に入ってすぐに扉を閉め、トーヤは尋ねた。

「……わたくしの個人的な依頼を、トーヤにお願いしたいの」

「個人的な依頼ですか？　……もしや、聖者の瞳に関することでしょうか？」

トーヤがあたりを付けて問い掛けると、ジェンナは頷く。

「以前ブロンに人物鑑定をし、彼の風邪を見抜いていたでしょう？　その力を借りたいと思っているの」

「かしこまりました。引き受けます」

「情報を秘匿《ひとく》しなければいけないのだから、無理に引き受けてくれなくても……え？」

まだ詳細を話していないのに即答されたことで、ジェンナは驚きの声を漏らした。

そんな彼女に、トーヤは真剣な面持ちで答える。

「ブロンさんの風邪の話をしたということは、ジェンナ様のお知り合いでご病気の方がいらっしゃる、ということかと思いまして」

「……え、えぇ。その通りよ」

「やはりそうでしたか。人の命にかかわるかもしれない事案です、考える必要もないかと」

「でも、トーヤのスキルについてバレてしまうかもしれないのよ？　お願いしている立場ではあるけれど、本当にいいのかしら？」

遠慮がちにジェンナが聞くと、トーヤは力強く頷く。

「もちろんです。人の命よりも大切なものはありませんからね」

「……ありがとう、トーヤ」

安堵の息を吐いたジェンナは、トーヤを立たせたままだったことに気がついた。

「あぁ、ごめんなさいね、トーヤ。座ってちょうだい」

「失礼いたします」

いつも冷静なジェンナが気配りを欠いている。それだけでトーヤは今の彼女に何かが起きていることを察した。

トーヤが真剣な面持ちでソファに腰掛けると、ジェンナが説明を始める。

「実は、わたくしの友人が長い間体調を崩しているの」

「なんと、そうなのですか？」

「えぇ。わたくしも原因を突き止めようとしたのだけれど、なかなか見つけられなくてね」

「ということは、その方は今相当に危険な状況にある、ということでしょうか？」

「少し前まではそこまででもなかったのだけれど、最近になって友人の息子から連絡があってね。急に体調が悪化したらしいのよ」

ジェンナの説明を聞いたトーヤは、心配そうな顔になる。

原因が分からないのにもかかわらず、最近になって急に体調を崩したとなれば、大きな恐怖を感じているに違いないと思ったのだ。

トーヤはなるべく丁寧な口調で言う。

「それは、ご友人は精神的にも辛いものがありそうですね」

「そうなの。彼女も少し前までは気丈《きじょう》に振る舞っていたのだけれど、今はどうなっているのか……

そんな時にトーヤが聖者の瞳にスキルを進化させたと聞いて、すがりたくなってしまったの。本当にごめんなさいね」

そう口にしたジェンナは、トーヤへ頭を下げた。

「そんな、ジェンナ様が謝る必要などどこにもありませんよ。ぜひ協力させてください」

「……本当にお人好しなのね、トーヤは」

「褒めてくれていると思っておきますよ？」

「うふふ、その通りよ」

笑みを浮かべたジェンナを見て、少しずつ普段の調子が戻ってきていると感じたトーヤは、話を先へ進めることにした。

「しかし、そうなると急いだ方がよさそうですね。すぐにご友人の元へ向かわれますか？」

「いいえ。実はその人、トゥイン村という、ここから離れたところにある村にいるのよ。歩いてすぐ行ける距離じゃないから、旅のための準備が必要ね」

「なんと、そうだったのですね」

ラクセーナ以外の都市に行ったことがないトーヤは、離れたところにある村と聞いて、遊びに行くのではないと思いつつも、少しだけワクワクした。

ジェンナは少し考えてから口を開く。

「……リリアーナにトーヤと出掛けると伝えて、シフトの調整をお願いするわ。だから……早ければ明後日には出発したいと思うの」

「かしこまりました。向かうのは私とジェンナ様だけでしょうか？」

「いいえ、遠く へ行く以上護衛が欲しいから、冒険者ギルドに依頼するわ。だから、早くて明後日なのよ」

そう言ってジェンナは、明日朝一で冒険者ギルドへ依頼を出しに行き、荷物の準備を行いながら、依頼を受けてくれる冒険者を見つけ明後日に出発、というプランを説明した。

しかし、予定通りに進めばいいが、すぐに護衛が見つからなかった場合、時間をロスしてしまうのではとトーヤは思った。

そこで一つの提案を口にする。

「あの、ダインさんたちにお願いできないでしょうか？」

「ダインたちに？　……確かに、彼らならトーヤのことを知っているし、都合を付けてくれるかもしれないわね。しかもアイテムボックスについても知っているんだったわね？」

「はい。アイテムボックスを使えれば、荷物を準備する時間も短くできそうですし、早く移動することができるかなと。もちろん、周囲の人にバレてしまいそうなスキルの使い方は絶対にいたしませんので」

トーヤの言葉を受けて、ジェンナは真剣に考え、口を開く。

「……まずトーヤのアイテムボックスの件だけど、もしもの時は頼らせてもらおうかしら」

「もしもの時ですか？　それはまたどういうことでしょう？」

首を傾げながら問い掛けたトーヤを見て、ジェンナは笑みを返してから立ち上がる。

そして執務机の引き出しから一つの袋を取り出した。

「これよ」

「これって……袋、ですよね？」

「鑑定してごらんなさい」

「……かしこまりました」

いったい何があるのだろうと思い、言われた通りにジェンナが持つ袋を鑑定してみる。

「……え？　ア、アイテムボックス？　この袋、アイテムボックスという名前ですよ？」

「そういうこと。まぁこれはスキルじゃなくて、アイテムボックスの能力が備わった魔導具ね」

「そ、そんなものがあるのですか！」

まさかスキルと同じ効果を持った魔導具があるとは思わず、トーヤは驚きの声を上げた。

「ただ、これはスキルのアイテムボックスの劣化版といった感じね。スキルと違い、こっちに入れたものは普通に時間と共に変化していくし、そもそも容量も少ないの。だから、これに入りきらないものが出てきた場合に限り、お願いするわね」

ジェンナは劣化版と言ったが、アイテムボックスの魔導具は容量が小さくても、とても高額で取引される貴重な魔導具だ。

荷物を減らせるというのは大きなメリットであり、多少の制限はあろうと冒険者も商人も喉から手が出るほど欲しいのである。

しかし、そんなことは知らないトーヤは、何気なくアイテムボックスの魔導具を眺めていた。

すると、ジェンナが切り替えるよう口を開く。

「それと、護衛の依頼はとりあえずダインたちにお願いしてみようと思うわ」

「おぉ！　本当ですか！」

「えぇ。トーヤのスキルのことを考えたら、その方がいいものね」

「あぁ、ですがダインさんたちの予定を最優先してあげてください。私の我儘で予定を変えてしまっていては、ご迷惑になってしまいますから」

あくまでも予定が空いていればということを念押ししたトーヤに、ジェンナは一つ頷いてみせた。

「分かったわ」

「ありがとうございます」

「それはこちらのセリフよ。それじゃあ、明日はトーヤはお休みにするから、身支度をお願いね」

「かしこまりました。……あぁ、いえ、明日私もジェンナ様と一緒に冒険者ギルドへ伺ってもよろしいでしょうか？」

話も終わり立ち上がろうとしたトーヤだったが、ふと思いついたことを口にしてみた。

「わたくしは構わないのだけれど、どうしてかしら？」

「はい。護衛をお願いするのでしたらダインさんたちと顔を合わせておきたいですから……あと、本音を言いますと、ラクセーナの外へ向かうにあたり、何を準備したらいいのかが分からないのです。なので、ついでにアドバイスなどをいただけたらありがたいなと」

全てトーヤの本音ではあるが、最後の方は少し恥ずかしそうに頬を掻きながら口にしていた。

「うふふ。物資の準備などは全てわたくしがやるし、護衛に必要な道具は冒険者が準備するものよ。だから先ほどの言葉は、トーヤが個人的に持っていきたいものを用意してほしいという意味だったのだけど」

「おっと、そうなのですね」

「当然よ。でも、ダインたちと顔を合わせておきたいということなら、一緒に行きましょうか」

ジェンナの言葉を受けて、トーヤは笑顔で頷いた。

「それでは、お願いしたいと思います」

「分かったわ。それじゃあ、明日の朝、いつもと同じ時間に商業ギルドへ来てちょうだい」

「かしこまりました」

最後にそう口にしたトーヤは、ジェンナの部屋をあとにしようと歩き出した。

「トーヤ」

そこへジェンナから声が掛かり、トーヤは振り返る。

「はい、なんでしょうか?」

「……本当にありがとう」

「いいえ、当然のことですから」

申し訳なさそうにお礼を口にしたジェンナを見て、トーヤはいつもと変わらない笑みを返し、今度こそ部屋をあとにした。

(さて、明日から忙しくなりそうですね。私の古代眼……ではなく、聖者の瞳が役に立てるよう、頑張らなければ！）

　内心で気合いを入れたトーヤの足取りは自然と力強くなっていたのだった。

◆◇◆◇

　翌日、トーヤは商業ギルドでジェンナと合流すると、フェリに鑑定カウンターを任せて冒険者ギルドへと向かう。

　そして、すぐに冒険者ギルドに辿り着き、中に入った。

　営業開始直後ということもあり客の数はそこまで多くなく、大人が大股で歩いても余裕があるくらいには空いている。

「どうしてジェンナが坊主とこっちに来ているんだ？」

　カウンターの前で職員と話をしていたギグリオが、トーヤとジェンナに気がつき駆け寄って来た。

「おはようございます、ギグリオさん」

「おはよう、ギグリオ。今日は護衛依頼をお願いしに来たのよ」

「護衛だって？　ジェンナに必要とは思えないが……」

「わたくしではなく、トーヤの護衛よ」

「ジェンナ様には護衛は必要ない……？　どういうことでしょうか？」

　トーヤが首を傾げると、ジェンナが口を開く。

「わたくしは多少は魔法の心得があるの。自分の身くらいは自分で守れるわ」

「多少……ねぇ……」

ギグリオは何か言いたげだったが、ジェンナは気にすることなく話を進めていく。

「それで、直近で申し訳ないのだけれど、明日からしばらくの間、ラクセーナを離れ、トゥイン村に行くことになったの。それで、トーヤの護衛を依頼できる冒険者を探しているのよ」

「明日だって？　しかも坊主の護衛だろう？　……ちょっと待っててくれ。ダインたちに聞いてくる」

トーヤたちがダインたちに頼みたいと言う前に、ギグリオがそう言ってギルドの奥に向かった。

ありがたいと思いつつ、こんな時間にダインたちがいるのかと思い、トーヤの視線は自然とギグリオを追い掛けていた。

「ダイン！　ちょっと来てくれ！」

ギグリオが大声でそう言うと、奥の扉が開く。

そこにはダインだけではなく、ヴァッシュとミリカ、そしてトーヤが見たことのない金髪の女性の姿があった。

「ギルマス、いったい何が……って、ジェンナ様にトーヤじゃないか」

ダインもトーヤたちに気がつくと、続けてミリカとヴァッシュが声を掛ける。

「あー！　本当だー！」

「あぁん？　なんでガキがこんなとこにいんだ？」

そう言って、ダインたちはトーヤの元に近づいてくる。

「お久しぶりです、皆さん。……あの、こちらの方は？」

金髪の女性が不思議そうに自身を見ていたこともあり、トーヤはそう問い掛けた。

「あぁ、そうか。トーヤは初対面だったな。彼女は――」

「彼女はリタちゃん！　回復魔導師なんだよ！」

ダインの言葉を遮りながらミリカが笑顔でそう答えると、金髪の女性――リタは口を開く。

「えっと、リタと申します」

「申し遅れました。私はトーヤと申します。商業ギルドで専属鑑定士をしておりますので、以後お見知りおきを」

トーヤお決まりの丁寧な挨拶が決まると、リタは驚きのまま何度も瞬きを繰り返す。

「あはは！　リタちゃんもトーヤの無駄に丁寧な挨拶に困惑しちゃってるねー！」

「無駄にとはどういうことでしょうか、ミリカさん？」

「えぇー？　言葉通りだけどー？」

「おい、ミリカ。話が進まないから、それくらいにしておけ」

ダインはミリカに釘《くぎ》を刺《さ》すと、ギグリオを見る。

「それで、どうしたんですか？　ジェンナ様も一緒になって」

すると、ギグリオに変わってジェンナが説明を始めた。

「明日からしばらく、トーヤの護衛依頼をお願いしたいの。彼のことを知っているダインたちが適

任と思ってね。もちろん、既に受けている依頼などがあれば断ってくれて構わないわ」

「他の依頼は特に受けていませんが……どうだ、みんな？」

ダインは視線をヴァッシュとミリカ、リタへ順々に向ける。

「任せるぜ」

「私は受けていいよ！」

「私も問題ありません」

リタがミリカやヴァッシュと同じように返事をしたことがトーヤは気になった。

「お話し中に申し訳ございません。もしかして、リタさんも瞬光に加わったのですか？」

トーヤが尋ねると、ダインが頷く。

「あぁ、俺たちのパーティには魔導師がいなかったからな。とは言え、まだ仮加入ではあるが」

「リタちゃんとはここ最近、ずっと一緒に活動しているんだー！」

「足手まといは必要ねぇが、リタはまあまあマシだ」

最後のヴァッシュは褒めているのか怪しい言い回しだったが、リタは素直にお礼を口にする。

「皆さん、ありがとうございます」

その様子を見たトーヤは、既にリタは口の悪いヴァッシュとも馴染んでいるのだと思い、自然と笑みを浮かべてしまう。

「新しい仲間ですか。素晴らしいですね！」

トーヤは素直にそう口にしたのだが、彼の隣に立っていたジェンナは厳しい表情を浮かべている。

「どうかしましたか、ジェンナ様？」

「……気になったことがあってね。ダイン、少しいいかしら」

ダインが声を掛けると、彼女はそう言って少し離れたところに移動し、手招きする。

「……？」

状況が読めないダインだったが、とりあえずジェンナの元に向かった。

「どうしたんだろうねー？」

「けっ！　どうせまたガキ絡みじゃねぇのか？」

ミリカとヴァッシュは特に気にしていない様子だったが、リタは申し訳なさそうに言葉を発する。

「あの、もしかして私が何かしてしまったとかでしょうか？」

少し考え、ジェンナの意図を察したトーヤは、リタを見つめる。

「いえ、リタさんが何かをしたわけではないと思いますので、お気になさらず」

「そ、そうでしょうか？」

「もちろんです。私も少しばかり失礼いたしますね」

不安そうなリタに笑顔を返すと、トーヤもジェンナたちの方へ向かう。

すると、ダインとジェンナの話し声が徐々に聞こえてきた。

「――俺たちはリタを正式に採用するつもりですが……」

「そうよね。どうしましょうかしら」

「あのー、ジェンナ様？」

何を相談しているのかなんとなく理解していたトーヤは、すぐに口を開いた。

「私のアイテムボックスがリタさんにバレることを心配しているのですよね。ですが、私はそのままダインさんたちにお願いしたいと考えております。私がアイテムボックスを使わなければいいだけですし」

トーヤが自分たちの心配事を理解していると分かり、ジェンナが答える。

「まぁ、それはそうなんだけどね……万が一バレたら……」

「それは他の方に依頼しても同じですよ。というより、ダインさんたちのパーティなら、バレたとしてもリタさん一人で済むわけですから」

トーヤの説明を受けたジェンナは、渋い顔をする。

「どうしてバレる前提で話をしているのかしら？」

「最悪の展開に備えるのは大事なことだと思いませんか？」

「……まぁ、それは確かにその通りだけど」

ため息交じりにそう口にしたジェンナ。

「むしろ、アイテムボックスを使えなくなってしまい、申し訳ございません」

その様子を見てトーヤが頭を下げると、ダインが言う。

「それはトーヤが謝ることではないだろう。というより、トーヤはリタとは初対面だ。護衛として採用していいのか？」

「もちろんです。ダインさんたちが認めたリタさんなら、腕は確かでしょうから」

「……恩に着る、トーヤ」

「それはこちらのセリフですよ、ダインさん」

そう言って、ダインとトーヤは笑いあった。

こうして話が纏まり、三人は元いた場所に戻る。

「待たせたな、みんな。俺たち瞬光は、トーヤの護衛を正式に引き受けることにした」

ダインがそう言うと、ミリカ、ヴァッシュ、リタが反応する。

「やったね！」

「まぁ、そうなると思ったわ」

「あの、よろしくお願いします」

その言葉を聞き、ジェンナは微笑んで口を開く。

「明日の早朝に出発よ。正式な依頼はギグリオを通して出しておくわ。報酬も期待しておいてちょうだいね」

「皆さん、よろしくお願いいたします」

ジェンナに続いてトーヤがそう告げ、ペコリと頭を下げた。

「そうと決まれば、早速準備に取り掛かろう」

ダインはそう口にすると、パーティメンバーを引き連れて冒険者ギルドをあとにした。

それからトーヤはジェンナについていき、依頼書を作成し始めた彼女を後ろで見つめる。

「おいおい、ジェンナ。報酬にこんな大金を……」

「構わないわ。危険を伴《ともな》う護衛依頼だし、どれだけ時間が掛かるかもはっきりしないのだからね」

「報酬はおいくらにするつもりなのですか？」

具体的な金額が見えなかったためトーヤは尋ねるが、ジェンナははぐらかすように言う。

「うーん……まあ、トーヤは気にしなくていいわ」

そこでギグリオに視線を向けてみたが、彼も肩を竦めるだけで答えてはくれない。

（いったいどれだけの報酬を用意していたのでしょうか、気になります）

今回の用事が終わったら、ダインたちにこっそりと聞いてみようと心に決めたトーヤなのだった。

◆◇◆◇

そして翌日の早朝、トーヤは約束通り商業ギルドの前へ足を運び、そこでジェンナと合流した。

「おはようございます、ジェンナ様。おや、ダインさんたちはまだなのですか？」

「ダインたちとは外に繋がる門の前で合流する予定なの」

「おや、そうだったのですね」

それなら自分も門の前に行けばよかったのではと思ったトーヤだったが、その考えを見透かしたようにジェンナは笑う。

「トゥイン村に向かう前に、トーヤにはこれを渡しておこうと思ってね」

そう口にしたジェンナは、やや大きめの腕輪をトーヤに手渡した。

「こちらは？」

「身を守るための魔導具よ」

「魔導具ですか？」

「そうよ。腕にはめてごらんなさい」

言われるがまま手首にはめてみると、腕輪は自動的にトーヤの手首のサイズに合わせて小さくなる。

「おぉっ！　これはすごいですねぇ」

「危険を感じたら腕輪の青い部分を押しなさい。そうすると、一分間ではあるけれど周囲に結界が発生するわ」

「結界？　……バリアみたいなものですかね？　って、もしかしてこちら、相当高価なものなのではないですか？」

古代の魔導具が貴重だと聞いていたトーヤは、同じ魔導具である腕輪を見て、恐る恐るといった感じで問い掛けた。

ジェンナはクスリと笑い首を横に振る。

「そうでもないわ。比較的大きな都市であれば一般的に購入できるものだもの」

「そうですか？　……それでは、ありがたくお借りしたいと思います」

「使っても気にしないでちょうだいね」

ジェンナの言い回しが気になったトーヤは、さらに質問を重ねる。

「使ってもって……もしかして、こちらは使い捨てでしょうか？」

「そうよ？」

「…………で、できるだけ、使わないよう努力いたします」

「危ない時はちゃんと使うのよ？　今のあなたは商業ギルドにとって、なくてはならない存在なの。それに今回はわたくしの我儘に付き合ってもらっているのだから、絶対に遠慮しないこと、いいわね？」

「ね、念を押しますね」

「トーヤが使わなそうだからよ」

「わ、分かりました。……私も二度は死にたくないですからね」

最後の言葉は小声であり、ジェンナの耳には届かなかった。

ジェンナは納得したように頷くと、門に向かって歩き始める。

「それじゃあ、行きましょうか。あと、ないとは思うけど、万が一にもダインたちが油断しないように、その魔導具のことは内緒にしておきなさい」

「かしこまりました」

そして二人はラクセーナの門へと向かい、そこでダインたちと合流した。

「おっはよー！」

「おはようございます、ミリカさん。ダインさんにヴァッシュさんにリタさんも」

「おはよう、トーヤ」

「けっ！　遅いんだよ！」

「おはようございます」

ミリカの元気な挨拶を受けてトーヤが返事をすると、ダインが笑みを浮かべながら、ヴァッシュは面倒くさそうに、リタは礼儀正しく挨拶を返した。

「みんな、今日はよろしくね」

「こちらこそお願いします、ジェンナ様。それと……あの報酬金額、何かの間違いでは？」

ジェンナの挨拶には代表してダインが答えていたが、そのあとに続いた言葉がトーヤは気になった。

「そんなことないわ。時間が掛かるかもしれないし、よろしくね」

「それは構いませんが……いえ、分かりました。間違いでなければいいんです」

トーヤがますます報酬金額が気になっていると、ヴァッシュが気だるそうに言い放つ。

「挨拶はもういいだろう？　さっさと行くぞ！」

「もう！　ヴァッシュはせっかちなんだよー！」

「うるせぇな！　こっちは早起きさせられて眠たいんだ、さっさと進んで昼寝してえんだよ！」

「ヴァッシュの言い方はあれだが、早く出発できるに越したことはない。トーヤ、ジェンナ様、大丈夫だろうか？」

ダインが尋ねると、トーヤとジェンナは頷いてみせた。

「ならば出発しよう。目的地は川沿いのトゥイン村、順調に進めれば夕方までには到着できるだろう」

こうしてトーヤは、ラクセーナ以外の人が暮らす村、トゥイン村を目指して出発したのだった。

◆◇◆◇第七章：トーヤ、トゥイン村へ向かう◇◆◇◆

トーヤ一行が歩くのは、ラクセーナから西へと続く街道だ。

道中は舗装された道を進むこととなり、以前山道を歩いた時よりは楽だとトーヤは感じた。

とはいえ、街道だから絶対に安全というわけではない。

ラクセーナからだいぶ離れ、遠くに見えていた林があと少しの距離まで近づいてきたタイミングで、群れからはぐれた一匹の魔獣と遭遇した。

『グルルルルゥウ』

「サンドウルフか」

目の前に現れた魔獣を見てダインが呟くと、今度はミリカが口を開く。

「ヴァッシュ、よろしく～」

「面倒だ、てめぇでやれ」

「えぇ～？　だってヴァッシュ、前衛じゃ～ん」

「ザコ一匹の相手なんて気が乗らねぇんだよ！」

護衛としてそれはどうなのかと思ったトーヤだったが、彼が口を開く前にダインが前に出た。

「ならば、俺がやろう」

「頼むぜ、ダイン」

ヴァッシュは小さく手を振るが、ミリカは呆れた様子だった。

「も～、ダインは優しすぎるんだよ～」

「時間を無駄にする必要もないからな」

ダインは大剣を背から下ろして両手で握りしめる。

『ガルアアアアッ！』

ダインが放つ殺気に反応したサンドウルフが、地面を蹴りつけて突っ込んでくる。

「ふっ！」

直後、鋭く振り抜かれた大剣が大きく開けられたサンドウルフの口に叩きこまれ、そのまま頭部が切り裂かれた。

そのあまりの剣速は後方から戦闘を眺めていたトーヤにまで微かな風が届くほどだ。

「おぉ、すごい迫力ですね」

思わず声を漏らしたトーヤに、ジェンナが答える。

「ダインたちはラクセーナでも屈指の実力を持つAランク冒険者だからね」

「そういえば以前にもそのような話を伺いましたね。Aランクとはどのくらいすごいのですか？」

その言葉に反応したのは、彼の隣で戦闘を見つめていたリタだった。

「トーヤさんは冒険者のランクのことを知らないのですか？」

「はい。詳しく話を聞く機会がなかったもので」

「そうなんですね。冒険者ランクにはＥランクからＳランクまでありまして、Ａランクは上から二番目に高いランクなんですよ」

リタの説明にトーヤは感嘆の声を漏らす。

「なるほど、もしかしてリタさんもＡランクなのですか？」

「いえ、私はＢランクです。だから、ダインさんたちに誘われた時はとても嬉しかったんですよ」

「ダインさんたちは憧れの存在ということですかね」

「そんなところですね」

トーヤとリタが話をしている間、ダインはミリカを呼んでサンドウルフの素材の剝《は》ぎ取《と》りを始めていた。

荷物は増えてしまうものの、お金になるため、冒険者は基本的に倒した魔獣の素材を剝ぎ取るのだ。

剝ぎ取りはそこまで時間が掛かるものではないため、ジェンナも特に何か言うことはなかった。

一方でヴァッシュは近くの木に背中を預け、目を閉じたまま立っている。

「リタさん、ヴァッシュさんは何をしているのでしょうか？」

「休んでいるように見えるけど、あれは索敵《さくてき》しているんですよ」

「そうなのですか？　……うーん、休んでいるようにしか見えませんが」

「聞こえてんぞ、ガキが」

「おっと、そうでした」

目を開けて睨んできたヴァッシュの指摘を受け、彼は耳がいいことを思い出し、トーヤは小さく頭を下げた。

「よーし、剥ぎ取りは終わったー！」

その時、ミリカが声を発した。

慣れた様子で剥ぎ取った素材を袋に入れようとしているミリカを見て、トーヤはアイテムボックスを使えたら楽になるなと感じた。

すると、ジェンナがトーヤに視線を向ける。

アイテムボックスのことは話すなと目で語っているのだ。

トーヤが苦笑しながら頷くと、ジェンナが一つの提案を口にする。

「アイテムボックスの魔導具があるから、あなたたちが良ければその素材を入れましょうか？」

「そうなんですか？　それは助かります」

「やったー！　楽ができるー！」

「腐らないよう、入れる素材は選んでちょうだいね」

ジェンナの注意に頷いたダインとミリカは、アイテムボックスの魔導具に入れる素材と、自分たちで持つ素材を分けていく。

そして、選んだ素材をジェンナがアイテムボックスの魔導具に入れると、再び歩き出した。

その後、トーヤたちの旅は順調に進まなかった。

というのも、想定していた以上の魔獣が街道に出現したからだ。

本来であれば整備された街道に魔獣が多く現れることはない。近隣の街の兵士や冒険者が魔獣狩りを定期的に行っているためである。

幸い現れた魔獣はどれも弱く、対処自体は難しくないが、ダインたちは困惑していた。

ダイン、ミリカ、ヴァッシュの三人は魔獣の対処に励みながら意見を交わしていく。

「俺たち、そこまで魔獣狩りをさぼっていたか？」

「まさか！　……まあ、多少は稼げていたから、休みがちょーっと多かったくらいじゃない？」

「グダグダうるせえ！　さっさと片づけて先に進むぞ！」

トーヤの護衛としてリタが彼の隣に立っているが、前衛の三人は一匹たりとも魔獣を逃すことはない。

「魔法での援護は必要ですか？」

リタが声を上げると、ヴァッシュがそれに答えた。

「はっ！　んなもんいらねぇよ！」

「魔力はいざという時のために温存しておいて、と彼は言っていまーす！」

「ミリカ、てめえっ！　勝手なことを言ってんじゃねぇぞ！」

「えぇ～？　本当はそう思っている癖に～」

「魔獣よりも先にてめぇをぶっ飛ばすぞ！」

ヴァッシュの答えにミリカが茶々を入れ、気づけば魔獣との戦闘中でありながら、普段と同じやり取りを行っている。

「遊んでいるんじゃない！　まだ来るぞ！」

「はいはーい！」

「ちっ！　てめぇ、あとで覚えていやがれ！」

思わずダインが叱責《しっせき》すると、ミリカは元気よく返事をし、ヴァッシュは舌打ちをしながら彼女を睨みつけた。

とはいえ、無駄口を叩きながらもヴァッシュとミリカは確実に魔獣を仕留めていく。

その様子を見ながら、トーヤは思う。

（こうして眺めているだけというのも暇ですし、聖者の瞳の練習でもしてみますか）

そして、意識を瞳に集中させるトーヤ。

（どれどれ……おぉ、本当に見えましたね！）

トーヤに見えているもの、それは——魔力だ。

人間も魔獣も、生物は少なからず魔力を有しており、それを常に体に纏わせている。

それをある程度自由に扱える者を魔導師と呼ぶのだが、そうでない者も魔力自体は放出し続けている。

その放出された魔力の痕跡《こんせき》を、聖者の瞳を持つ者は見ることができる。

（ダインさんは赤、ミリカさんは青、ヴァッシュさんは緑色の魔力をしているのですね）

一人ひとり魔力の色が異なっており、なんとも不思議な光景がトーヤには見えていた。

すると、トーヤの様子を見たジェンナが尋ねる。

「何を見ているのですか、トーヤ？」

「あー……ちょっと古代眼の練習をしていたのです」

「そういえば、トーヤさんは古代眼持ちでしたよね？」

ジェンナとトーヤのやり取りを耳にしたリタは、興味本位で問い掛けてきた。

「えっと、はい、そうなんです。できることが結構あるのですが、まだ全ての能力を理解できているとは言えなくてですね」

「へぇ、自分のスキルなのにそんなことがあるんですね」

「あはは、どうやらそうみたいです」

このままリタと話をしているとボロが出そうだと思ったトーヤは、聖者の瞳を使うのをやめる。

「……変に気を遣わせてごめんね、トーヤ」

すると小声でジェンナが謝罪の言葉を口にした。

「……ジェンナ様が謝ることではないので、お気になさらず」

トーヤはそう告げたあとは、ニコリと笑いジェスチャーで大丈夫だと伝えた。

「そういえば、リタさんはどうしてダインさんたちのパーティに入ろうと思ったのですか？」

これ以上スキルについての質問をされないよう、トーヤは別の話題を提供した。

すると、リタは意識を魔獣から離さないようにしつつ答える。

「実は私、新人冒険者だった時に魔獣に殺されそうになったことがあったんです」

「えぇっ⁉　……だ、大丈夫だったのですか？」

いきなりされた衝撃的な話に、トーヤは思わず確認してしまった。

「軽傷を負《お》いましたが、大丈夫でした。それからです、私が瞬光に憧れを抱き始めたのは」

そうしてリタは己の過去を話し始めた。

彼女が新人冒険者として参加した依頼では、素行《そこう》の悪い先輩冒険者が引率者として選ばれていた。

先輩冒険者は戦果を上げて己の評価を上げるために、あえて魔獣の多い場所へと向かったのだが、そこで魔獣に囲まれて、リタ一行はピンチに陥《おちい》った。

そこへ颯爽《さっそう》と駆けつけたのが、当時から飛ぶ鳥を落とす勢いで活躍していた瞬光の三人だった。

瞬光は別の依頼で近くを通り掛かり、ピンチになっていたリタたちを助けると、そのままラクセーナまで引率を買って出てくれたのだ。

そこまでの話を聞き、トーヤが尋ねる。

「最初に引率を引き受けていた先輩冒険者はどうなったのですか？」

「ダインさんたちがギルドに報告してくれて、罰則《ばっそく》を与えられていました」

「新人冒険者を危険に晒《さら》したのだから、当然でしょうね」

その説明を受けて、ジェンナは納得した顔で大きく頷いた。

リタは続ける。

「だから私はダインさんたちに憧れて、いずれ追いつきたいなって思ったんです」

「それが今では同じパーティだなんて、素晴らしいじゃないですか！」

「あはは。でもまだ正式にパーティメンバーに決定したわけじゃないんですけどね。だからこそ、今日の依頼はしっかりと自分の役割をこなしたいです」

そう口にしたリタは笑みを浮かべて改めてトーヤを見た。

「だから、トーヤさんには傷一つ付けさせませんからね！」

「頼りにしています、リタさん」

リタの話に一区切りがついたところで、ダインたちの方から声が聞こえてきた。

「あぁ～、終わったぁ～！」

「ちっ！　なんだったんだよ、こいつらは！　なんで数だけ無駄に多いんだ？」

「街道にこんなにも魔獣が溢れるなど、聞いたことがないぞ」

ミリカ、ヴァッシュ、ダインはそう言って、トーヤたちと合流する。

その後、なぜ魔獣がこれほど出現したか軽く話し合ったものの、理由は分からなかった。

ダインは諦めたように小さく息を吐き、ジェンナに声を掛ける。

「まぁ、この話はまた今度にしよう。それよりジェンナ様、今回倒した魔獣たちはアイテムボックスに入れられますか？」

「この数はさすがに入りきらないわね」

「そうですか。それならば、時間は掛かるが死体の処理をしなければいけませんね。これだけの魔獣の死体を放置していると、他の魔獣が寄ってくる可能性がありますし」

「……あのー、ちょっとよろしいでしょうか？」

トーヤが声を掛けたことで、ジェンナとダインはこの後彼がなんと言おうとしているか理解した。

二人は『何も言うな！』という意図を込めて視線を送るが、トーヤは構うことなく口を開く。

「これらの魔獣の死体は私が処理しましょうか？　後で取り出せば剥ぎ取りもできますし」

「えっ？　トーヤさんが処理？　後で取り出す？」

きょとんとした顔で聞き返してきたのはリタだけで、他の四人は手で顔を覆っていた。

リタは状況が全く理解できず、オロオロと周囲を見る。

「……あ、あれ、皆さん、どうされたのですか？」

「リタさん、実は私、アイテムボックスを持っているのです」

「えっ……！」

リタは言葉を失った様子で、目を見開いた。

トーヤは改めて自分がアイテムボックスを持っており、それを皆も知っていたことを説明する。

そしてその後、「黙っていて申し訳ございませんでした」と言い、深々と頭を下げた。

その様子を見たリタは勢いよく首を横に振る。

「い、いえ！　黙っているのは当然です！　他の方と違い、私はトーヤさんとは初対面だったのですから！　まぁ、すごく驚いてはいますけど……」

一見落ち着いているリタだが、内心では驚きを感じていた。

しかし、それよりも気になることがあり、彼女は続ける。

「でも、どうして私にも教えてくれたんですか？」

なぜ自分に秘密を教えてくれたのか。そのことがリタには不思議でならなかった。

トーヤは微笑みながら答える。

「急ぐ旅ですし、それに先ほどのリタさんのお話を聞いて、この方なら信じられると思ったので」

「……え？　さっきの話でですか？　……えっと、どのあたりで？」

「リタさんはダインさんたちに憧れを持ち、努力を重ね、こうして同じパーティで活躍できるようになったと言ったではないですか。そんなリタさんなら信用できるに違いありません！」

リタはまさかそんなことで重要な秘密を告げられるとは思わず、困惑気味だ。

「全く、トーヤ、お前はなぁ」

ダインからは呆れたような言葉が飛び出したものの、トーヤは気にせず続ける。

「ダインさんはリタさんを信用していないのですか？」

「そんなわけないだろう。信用しているからこそ、パーティを組んでいるんだからな」

「それならば問題ないでしょう。私はリタさんを信用しますし、リタさんを信用しているダインさんのことも信用していますから」

トーヤの言葉を聞いたダインは、それ以上何も言えなくなってしまう。

「……そう言われたあとに俺がお前を怒ると、俺がリタを信用していないようではないか」

「そのような意図はなかったのですが……」

苦笑いを浮かべるトーヤを見て、ダインも苦笑する。

「ジェンナ様。トーヤのことを止められず、申し訳ありません。ただ、リタは信用できます」

「ぜ、絶対に誰にも言いません！　約束します！」

リタも慌てながら頭を下げると、ジェンナはため息を吐く。

「……はぁ。まあ、ダインの言う通り、リタなら信用できるとは思うけど……」

ジェンナはトーヤにジト目を向ける。

「トーヤはあとでお説教です」

「えぇっ‼　ど、どうしてですか⁉」

「当然でしょう！　相談もなしにあっさりとバラすなんて、言語道断《ごんごどうだん》です！」

「うぅ……かしこまりました」

ジェンナからの説教が確定したところで、ダインはトーヤの背中をポンと叩いた。

「それじゃあ早速で悪いが、魔獣の収納を頼むぞ、トーヤ」

「かしこまりました」

「それとな……二人を見てみろ」

「え？　なんでしょうか？」

ダインが指示した先には、ヴァッシュとミリカがいた。

二人も怒り顔をしている。

「……これは、もしかして？」

「二人からもお叱りの言葉があるだろうな」

「……は、はは……ははは……はぁ」

その後、トーヤは多くの人から説教されたのだった。


説教が終わった後、トーヤたちは一度休憩をすることにした。

休憩場所は見晴らしの良い高台であり、ダインたちが西方に行く依頼で休憩を取る場合は、毎回この場所を選んでいる。

高台に辿り着いたトーヤは、周囲の光景を見て思わず口を開く。

「ほおおぉぉ～、素晴らしい景色ですねえ！」

ダインたちが高台を休憩場所に選ぶ理由は、見晴らしが良く敵を見つけやすいことに加え、高台からの景色がとても素晴らしいからだ。

ここからは美しい青々とした緑が広がる街道を一望《いちぼう》できる。

山から見た景色も好きだったが、この高台からの穏やかな景色もトーヤは気に入っていた。

「トーヤ！　さっきの魔獣、出せるー？」

景色を眺めていると、ミリカから声が掛かったので視線をそちらへ向ける。

「出せますが、どうするのですか？」

「うっふふー！　休憩と言えば、お昼ご飯でしょう！　魔獣のお肉で料理だよ！」

「おぉっ！　なるほど、ご飯ですか！」

トーヤもちょうどお腹が空いていた。体を動かしていたミリカたちはなおのことだろう。

ミリカから美味しい魔獣を聞き、トーヤはそれをアイテムボックスから取り出す。

トーヤのアイテムボックス内は時間が流れないため、新鮮な状態だった。

声を掛けてきたミリカに魔獣を差し出したのだが、何故か受け取ってくれない。

「……あの、どうしたのですか？」

トーヤが首を傾げると、ミリカは笑顔でダインを見る。

「よーし。ダイン、お願い！」

「俺が料理をできないことを忘れたのか？」

「あ、そうだっけかー。ヴァッシュは……無理だよねー」

ヴァッシュは何も言わず肩を竦めた。

三人のやり取りを見て、自分から声を掛けてきたミリカも料理ができないのだと分かり、トーヤは魔獣を手にしたまま苦笑いを浮かべる。

（そういえば以前ミリカさんは保存食を持っていると言っていましたし、普段はそういう物を食べているのでしょうね）

そんなことを思いながら、トーヤは周囲を見回す。

「えっと、ちなみにリタさんはいかがですか？」

「料理はそれなりにって感じです。でも魔獣を上手く調理できる自信はありませんね……」

「ジェンナ様は？」

「わたくしもそれなりにかしら。外で食事をすることが多いから、人に振る舞うのはちょっと……」

周囲に微妙な沈黙が広がり、このままでは話が進まないと思ったトーヤは、口を開く。

「……私が作りましょうか？」

その言葉に、この場にいた全員の視線がトーヤへ向いた。

ミリカが驚きの声を上げる。

「トーヤ、料理できるの!?」

「人並み程度ですが、一応、リリアーナさんやフェリ先輩は褒めてくれました」

「あら、そうなの？　初耳だわ」

ジェンナも初耳だったようで、感心したように言った。

その後、ダインが申し訳なさそうに口を開く。

「すまないが、それでは調理を頼めるだろうか？　魔獣の解体は俺がやろう」

「ガキの料理なんて、どうせ焼くだけとかだろ？」

「ちょっと、ヴァッシュ！」

ヴァッシュが半信半疑といった様子で言うと、ミリカが声を荒らげた。

「お気になさらず。少し調味料を振り掛ける予定ですが、焼くだけなのは変わりませんからね」

トーヤがそう言って笑うと、ジェンナが口を開く。

「それなら、火はわたくしが用意しておくから、トーヤは料理の準備をしていてちょうだい」

「分かりました。ありがとうございます、ジェンナ様」

そう言ってジェンナは少し離れていく。

その後、ダインはあっという間に魔獣の解体を終え、綺麗な肉塊をトーヤに渡した。

トーヤはアイテムボックスから料理に使えそうな机を取り出し、その上に受け取ったお肉を置くと、同じくアイテムボックスから出した調味料で下味をつけていく。

その間にジェンナが焚き火を用意し終えた。

トーヤは続けて、アイテムボックスからフライパンや、下味に使ったものとはまた別の調味料を取り出す。

そして、焚き火を使い肉を焼いていくと、その様子を見たダインが感心したように口を開く。

「……トーヤよ、手際が良すぎないか？」

「そうですか？」

「……というか、どうして調味料やフライパンとかをアイテムボックスに入れていたの？」

「調味料はよく入り浸っているお店で衝動買いしてしまい、保存していたのです。調理道具はどこかで使う時が来ると思いまして」

「……ふん」

ヴァッシュは遠くで一人座っていたものの、小さく鼻をひくひくさせている。

そのことに気づいたミリカとダインは、二人で顔を見合わせながらクスリと笑った。

続いて、ジェンナとリタが順番に口を開く。

「あら、いい匂いがしてきたわね」

「とっても美味しそうです！」

「そう言っていただけると、嬉しいですね」

トーヤは微笑みながら返事をした。

とはいえ、トーヤがしているのは、肉に香り付けの香辛料を擦り込み、調味料と共に焼く程度のことだ。

だが、冒険者が依頼の最中に余分な調味料などを持ち運ぶことはなく、この料理もダインたちにとってはご馳走《ちそう》である。

「……さて、これくらいでしょうか」

聖者の瞳で肉の焼き具合も鑑定できたので、トーヤは完璧なタイミングで手を止める。

（このような使い方もできるとは……聖者の瞳、素晴らしいスキルですね。まぁ本来の使い方とは異なる気もしますが……）

そんなことを思いながら、フライパンを上げ、トーヤは肉を皿に盛り付けていく。

そして準備が終わると、ヴァッシュにも伝わるよう、声を発する。

「できましたよー！」

すると、ヴァッシュは駆け足でトーヤに近づいた。

「あれー？　ヴァッシュ、来るの早くなーい？」

「腹が減ってんだ、当然だろうが」

ミリカがヴァッシュをいじっている横で、ダインは感慨深く料理を見つめている。

「これはすごいな。まさか、野営での食事が楽しみになる日が来るとは思わなかったぞ」

「せっかくですし、冷める前にいただきましょう」

トーヤがそう言うと、ジェンナとリタも口々に同意する。

「そうね、そうしましょう」

「とても美味しそうです」

こうして食事が始まると――

「お、美味しい！」

「これは美味いな、トーヤ」

「……なかなか……やるじゃねえか」

「あら、本当に美味しいわねぇ」

「とても美味しいです、トーヤさん！」

全員の口から美味しいと高評価が飛び出し、そのまま皆夢中になって食べ進めたのだった。

休憩を挟んだトーヤたちは高台を出発した。

道中で数匹の魔獣に遭遇したものの、休憩前と比べれば明らかに数は少なくなり、順調に進むことができた。

しかし、それでも気がつくと日が暮れてしまい、結局は外でテントを張り一泊することになった。

そして翌日の朝、一行が行動を再開してしばらくしてから、ミリカが笑顔で口を開く。

「そろそろトゥイン村が見えてくるよー！」

「おぉ、とても穏やかそうな村ですね」

トーヤの言う通り、トゥイン村はラクセーナと比べると、緑が多く落ち着いた印象の村だった。

「ラクセーナと比べたら、そうかもねー」

「……うん、心地よい雰囲気が、私好みです」

ミリカに対しそう口にすると、ダインは小さく笑った。

「トーヤならそう言うと思っていたよ」

そうして歩いていると村の入り口に辿り着いた。

入り口の前には少し前に先行し、索敵を行っていたヴァッシュの姿がある。

「お待たせいたしました、ヴァッシュさん」

トーヤが頭を下げると、ヴァッシュはぶっきらぼうに答える。

「遅いんだよ、さっさと行くぞ」

「あれ～？　中に入っててもいいのに、わざわざ待っててくれたの？　ヴァッシュ～？」

ミリカが茶々を入れると、いつもの小競り合いが始まった。

「てめぇはうるせえんだよ！　おら、さっさと歩け！」

「ちょっと！　女の子の扱いが雑じゃないかな～！」

「てめぇの扱いなんざ、これくらいで十分なんだよ！」

「ひっどーい！　ねえ、トーヤ、これって酷くないかなー！」

「あはは……まあ、先を急ぎましょうか」

ミリカとヴァッシュのやり取りに巻き込まれそうになり、トーヤは苦笑いを浮かべながら先へ進むよう促した。

「ぶー！」

「今のはミリカが悪い」

「はーい」

ダインの注意を受けて、ミリカは仕方なくといった感じで返事をした。

そして彼らはジェンナを先頭に歩き出す。

ジェンナはすれ違う村人の多くから挨拶され、彼女もその全てに返事をした。

そうしながら進んでいき、ジェンナは村の中央に位置する屋敷の前で足を止めた。

「ここよ」

屋敷は周囲の建物の中でひと際大きかった。

これから会うのは村の中でも偉い人なのかと思い、トーヤは僅かに緊張した。

一方でジェンナは、他人の家とは思えないほど慣れた様子で屋敷の扉を開き、声を発する。

「失礼いたします。ジェンナですが、どなたかいらっしゃいますか？」

ジェンナの声が聞こえたのだろう、中からすぐに細身の中年男性が姿を現した。

「おぉ！　ジェンナ様！　来てくれたのですか!!」

「待たせたわね。それよりオルグ、あなたの体調は大丈夫かしら？」

「はい、私は大丈夫です。ですが、やはり母上が……」

オルグと呼ばれた細身の男性は渋い表情でそう口にすると、ジェンナたちを家に上がるよう促した。

「俺たちは外で待っています。護衛が依頼主のプライベートな話を聞くのはマズいでしょう」

プロの冒険者らしいダインの言葉に、ジェンナが頷く。

「助かるわ。それじゃあトーヤはついてきてくれるかしら？」

「かしこまりました」

トーヤはジェンナに返事をすると、家に上がった。

オルグは子供がついてくることに首を傾げていたが、ジェンナの「トーヤは便利なスキルを持っている助手だ」という説明を聞き、納得したように頷いた。

そして、二人は屋敷の奥の部屋へ案内された。

「こちらに母上がいます」

「失礼いたします」

そう言って、トーヤはジェンナと共に部屋に入る。

部屋の中は薄暗く、窓は開いているものの不思議と空気は重く感じられた。

ジェンナも同じように思い、部屋に入って早々に渋い表情を浮かべた。

そのまま部屋の奥のベッドまで歩き、口を開く。

「……お久しぶりね、エリフィ」

ベッドに寝かされていた銀髪の女性――エリフィにジェンナが声を掛けると、彼女はゆっくりと目を開けてニコリと笑った。

「……まあ、ジェンナ様。わざわざここまで、足を運んでくれたのですか？」

「もちろんよ、エリフィ。あなたのことを診察《しんさつ》しにきたの。ほら、わたくしのことは気にせず、ゆっくりと休んでいなさい」

「……ありがとうございます、ジェンナ様。では、お言葉に……甘えて……」

エリフィは言葉の途中から声が小さくなり、そのまま気を失うように眠りについた。

「……ジェンナ様。母上は本当に、大丈夫なのでしょうか？」

隣でやり取りを聞いていたオルグが、不安そうに言葉をこぼす。

「そのためにトゥイン村まで来たのです。わたくしを信じていただけますか？」

「……もう頼れる人が、ジェンナ様しかいません。どうか母上を、よろしくお願いいたします！」

涙目になりながらそう口にしたオルグを見て、トーヤは聖者の瞳を駆使し、絶対にエリフィを苦しめている原因を突き止めてやると心に誓う。

ジェンナはエリフィの脈を取り、さらに魔法を駆使して病の原因を探り始める。

それと同時に、トーヤも彼女の後方から聖者の瞳で鑑定を行っていく。

（……よかった、原因は突き止められましたね）

口には出さないものの、トーヤはエリフィの体調不良の原因を突き止めることができ、ホッと胸を撫で下ろす。

一方でジェンナの表情はあまり明るくなかった。

「……ど、どうでしょうか、ジェンナ様？」

心配そうにオルグが問い掛けると、ジェンナは小さく息を吐きながら横目でトーヤを見る。

彼女の視線に気づいたトーヤは、オルグに気づかれないように頷いた。

それを見たジェンナは僅かに微笑む。

「原因は分かりそうね」

「ほ、本当ですか！」

「ただし、もう少し詳しく診察しないといけないから、オルグは席を外してくれるかしら？」

「はい、はい！　ありがとうございます、よろしくお願いいたします！」

安堵の声を上げたオルグは、何度も頭を下げながら部屋をあとにした。

トーヤが聖者の瞳持ちだと知られないために、あくまでジェンナが判断した形にしたのだ。

オルグが部屋を出たことを確認すると、ジェンナは小さく息を吐く。

「……ふぅ。本当に助かったわ、トーヤ」

「いえいえ、私も原因を突き止めることができてよかったです」

「それで、何が分かったの？」

「端的《たんてき》に申し上げますと、エリフィ様は魔力欠乏症《まりょくけつぼうしょう》という病気だと出ました」

「魔力欠乏症ですって？　トーヤ、それは本当なのかしら？」

「鑑定結果に間違いがなければですが」

魔力欠乏症と聞いたジェンナは驚きの表情で聞き返してきた。

トーヤは鑑定結果を読み上げただけで、確実な判断はできないと伝える。

その説明を聞いたジェンナは落ち着きを取り戻し、小さく頭を下げた。

「……そうよね、ごめんなさい」

「そんな、謝らないでください。それで、魔力欠乏症とはなんなのですか？」

「とても珍しい病気よ。わたくしもこれまでに二人しか罹《かか》った人を見たことがないわ」

魔力欠乏症とは、生命維持に必要な魔力が体内に留まらず外に漏れ出してしまう病気で、不治の病と言われている。

二五〇年もの長い年月を生きてきたジェンナですら二人しか見たことがないと分かり、トーヤはその珍しさを理解した。

「それで、トーヤ。魔力欠乏症を治す方法も分かったのかしら？」

「治療は可能と出てきました」

トーヤがそう言うと、ジェンナは迫真の様子で詰め寄る。

「治療できるのね！」

「……は、はい」

「はっ！　……ご、ごめんなさいね。今まで私が見た患者たちは二人とも、徐々に衰弱《すいじゃく》していって、そのまま亡くなってしまったものだから」

ジェンナの様子と話を聞き、魔力欠乏症は改善策すら見つかっていない病気なのだと察した。

そのことが恐ろしくもあったが、聖者の瞳で治療法を見つけることができ、嬉しくも感じた。

「それで、どうやったら治療することができるのかしら？」

「精製水《せいせいすい》、特級ポーション、黄金魚《おうごんぎょ》の魔石の粉末、そして万年花《まんねんか》の花びら三枚を調合した薬を飲ませればよいようです」

「……万年花の花びらを三枚」

最後に万年花の名前を口にしたところ、ジェンナが渋面になりながら呟いた。

「もしかして、珍しい素材なのですか？」

「そうね。名前の通りなのだけれど、万年花は一万年咲き続けている花のことよ。見つけるのが非常に難しいとされていて、さらに採取する時にも問題があるのよね」

「普通に採るだけではないのですか？」

「原因は分からないのだけど、多くの万年花は採取する前に突然枯れてしまうらしいわ」

「なんと、それでは採取できないということですか？」

「とても稀だけど、採取できたという話も聞いたことはあるわ。でも、そもそも絶対数が少なすぎて、詳細な情報がないのよ。他の素材は持ち合わせがあるけれど、万年花だけはすぐに手に入れられないかもしれないわね……」

そのままどうしたものかと思案するトーヤとジェンナ。

しかし二人だけで悩んでいても答えは出ず、ダインたちにも相談することにした。

（さすがに聖者の瞳でも万年花の咲いている場所までは分かりませんか。さて、どうしたものか）

移動しながらも、自分にできることはこれ以上ないのか、トーヤは必死に頭を回転させるのだった。

トーヤとジェンナが屋敷の外に出ると、そこにはダインたちだけではなく、オルグもいた。

オルグは一人でいるのが不安でたまらなくなり、気を紛らわせようとダインたちと話をしていたのだ。

そして、二人が屋敷から出てきたことに真っ先に気づいたのもオルグだった。

「ジェンナ様！　い、いかがでしたでしょうか？」

緊張した表情で迫って来たオルグに対して、ジェンナは真剣な面持ちで状況を説明する。

「率直《そっちょく》にいうと、エリフィは魔力欠乏症だと分かったわ」

「なっ⁉　……そ、そんな、魔力欠乏症だなんて」

不治の病である魔力欠乏症の名を聞かされ、オルグの顔は真っ青になった。

ジェンナは続ける。

「でも、手はあるわ」

「……えっ？」

「治療法が分かったの」

「そ、それは本当なのですか！」

藁《わら》にも縋《すが》る思いでオルグがそう口にすると、ジェンナは治療に必要な薬を作るための素材を伝えていく。

　すると、ジェンナと同じでオルグやダインたちも、万年花のところで顔をしかめた。

「……ま、万年花だなんて」

「他の素材は用意できるのだけれど、万年花だけはすぐに用意できないの。オルグ、どこか万年花を採取できそうな場所を知らないかしら？」

　ジェンナの問い掛けに、オルグはゆっくりと首を横に振った。

「……すみません、ジェンナ様。私には分かりません」

「いえ、気にしないでちょうだい。万年花を採取できそうな場所なんて、なかなかないもの」

「この村に万年花について知っていそうな人はいらっしゃいませんか？」

　沈んだ表情をしているオルグに対して、トーヤが声を掛けた。

　オルグは突然の問い掛けに慌てながら答える。

「……ど、どうだろう。一番詳しそうな人は母上だったんだけど、今はまだ寝ているだろうし」

「他の方はいかがでしょうか？」

「他？」

「はい。村にはオルグさんよりも年長の方もいらっしゃるでしょうし、情報を集めてみるのもありではないでしょうか？」

　トーヤの提案にオルグは最初こそ瞬きを繰り返していたが、表情をグッと引き締め直す。

「……確かにその通りだ。トーヤ君だったたね、情けないところを見せてすまなかった」

「お母様が大変な時なのですから、冷静でいられる方が難しいかと思います。情報は武器にもなりますし、みんなで手分けして話を聞いてくるというのはどうでしょうか？」

さらにトーヤは提案を口にした。

ダインたちも大きく頷く。

「話を聞くのであれば、多い方がいいだろう」

「だけどさー、私たちってトゥイン村の人たちのことを知らないよねー？」

「聞けば答えてくれんだろ」

「だといいんですが」

ミリカ、ヴァッシュ、リタは各々の考えを口にする。

すると、ジェンナは言う。

「それなら、オルグとわたくしで二手に分かれて、それぞれに何人かがついていく形で話を聞きに行きましょうか。これなら、教えてもらえないということはないでしょう」

その言葉を聞き、ジェンナがここに来るまでいろいろな人と挨拶していたのを思い出した。

確かにそれなら問題ないかと思い頷く。

その後、トーヤ、オルグ、ミリカのグループと、ジェンナ、ダイン、ヴァッシュ、リタのグループに分かれることになった。

両グループは待ち合わせ時間を決めた後、聞き込みに向かう。

トーヤたちが早歩きで村を歩いていると、オルグが感謝の言葉を口にする。

「皆さん、母のために本当にありがとうございます」

トーヤは小さく首を横に振る。

「お気になさらず。まずはお母様が良くなることを願って、話を聞いていきましょう」

「それにしてもジェンナ様、すごいよねー。魔力欠乏症を見抜いちゃうだなんて！」

ミリカがそう言うと、オルグは不安そうに口を開く。

「しかし、本当に薬を作ることができるんでしょうか？　疑うわけではないのですが、治療薬の話は聞いたことがなく……」

「でも、ジェンナ様が言っているってことは、本当だと思うよー」

「……そうですよね。よし、私たちは絶対に万年花についての情報を手に入れましょう！」

オルグとミリカの言葉にトーヤも頷く。

「そうですね、頑張りましょう！」

こうしてトーヤたちは、手あたり次第に聞き込みを始めていった。


だが結果として、トーヤたちは万年花の手がかりは見つからなかった。

多くの村人に話を聞いてみたのだが、誰一人として万年花について知っている人はいなかったのだ。

とはいえ、これは当然の結果だと言える。

万年花はとても珍しい花であり、咲いている姿を見ることができるのは一生に一度と言われるほどだからだ。

先に待ち合わせ場所に戻ったトーヤは呟く。

「あとはジェンナ様たちが情報を持ち帰ってくれるのを祈るばかりですね」

「あっ！　トーヤ、ジェンナ様たちが戻ってきたよ！」

すると、ミリカが遠くにジェンナたちの姿を見つけて声を上げた。

お互いに歩み寄っていくと、ジェンナたちの表情が柔らかなものになっていることにトーヤは気づく。

「ど、どうでしたか、ジェンナ様？」

「落ち着きなさい、オルグ」

「す、すみません！」

顔を合わせて早々に問い掛けたオルグをジェンナが制し、その後ゆっくりと口を開く。

「一人だけ、万年花の可能性がある花を目撃した者がいたわ」

「そ、それは本当なのですか⁉」

オルグは笑みを浮かべながら言うが、ジェンナは続ける。

「とはいえ、確証はないけどね」

「……ど、どういうことでしょうか？」

ジェンナは詳しい話を語りだした。

彼女いわく、万年花らしきものを見たという相手は、小さな女の子とのこと。

女の子は森に薬草採取に出ていたのだが、突如として雨が降って来た。

そのため雨宿り先を探していたところ、迷子になってしまったらしい。

雨がやんだところで帰り道を探していると、信じられないほど綺麗な花を目撃したのだとか。

その話を聞いたミリカが疑問を口にする。

「でも、それってただの花を見ただけじゃないかなー？」

「俺も信用ならねぇって言ったんだがなぁ」

「だがヴァッシュよ、今はその子の証言以外に明確な情報が一つもないんだぞ？」

ミリカ、ヴァッシュ、ダインが口々に意見を話していると、遠慮がちにリタが口を開いた。

「で、でも、その子、こうも言っていたじゃないですか。お花から光が出て、それを辿っていたら家に帰ることができたって」

トーヤはコテンと首を横に倒した。

「……万年花にはそのような効果があるのですか？」

「分からないわ。だけれど、万年花自体がなかなか見つかるものではないのだから、そのような効果があってもおかしくはないかもね」

分からないことだらけだが、ダインの言葉通り今は女の子の証言しか情報と言えるものがないのも確かだ。

少し考え、トーヤは口を開く。

「……その女の子が迷ったという森へ行ってみるしかなさそうですね」

「えぇ、わたくしもそう思うわ」

トーヤの言葉にジェンナが同意を示し、ダインたちも頷く。

「で、でしたら私も――」

「いいえ、オルグ。あなたはエリフィの傍にいてあげてちょうだい」

「で、ですが……」

「もしもエリフィに何かあった時、すぐに気づけるのはあなたしかいないわ。この魔導具を渡しておくから、何かあれば連絡してちょうだい。いいかしら？」

「ジェンナ様、これは？」

「わたくしが持っているこちらと対《つい》になっている魔導具よ。中央の窪《くぼ》みを押し込むと、こちらの魔導具が反応してくれるわ」

オルグは魔導具を見つめながら黙っていたのだが、しばらくしてなんとか小さく頷いた。

「ありがとう、オルグ。エリフィのこと、よろしく頼むわね」

「はい！」

オルグが決意したように答える。すると、ジェンナは小さく微笑んだ。

「大丈夫よ、オルグ。必ず万年花を見つけ出して、エリフィを助けてみせるわ」

「……何卒、何卒よろしくお願いいたします！　ジェンナ様、皆様！」

オルグは何度も頭を下げてから、エリフィの傍にいるため屋敷に戻っていった。

そして、残されたトーヤたちは改めて情報の精査をしていく。

「それで、ジェンナ様。その女の子はどちらの森で万年花らしきものを目撃したのでしょうか？」

「西の森だそうよ」

「西というと……ふむ、あちらですね」

トゥイン村は街道に繋がっている方角以外は森に囲まれている。

森の方向を見ながら、ヴァッシュは強気に言い放つ。

「はっ！　強い魔獣はいるかねぇ！」

「ヴァッシュったら本当にバトルジャンキーなんだからー」

「当然だろうが！　俺は強い奴と戦いたいんだからよ！」

言い合いを始めたヴァッシュとミリカに対してダインが釘を刺す。

「俺たちの目的は万年花の確保だ、それだけは忘れるなよ」

「私も頑張ります！」

さらにリタが己に気合いを入れるように言うと、ジェンナがトーヤを見つめる。

「手がかりを見つけるのはトーヤ、あなたよ」

「かしこまりました。鑑定スキルを駆使して、万年花を見つけたいと思います」

トーヤも絶対にやり遂げてみせると心の中で誓い、六人は西の森へ向かうのだった。

◆◇◆◇第八章：トーヤ、万年花を探す◇◆◇◆

北と南の森は街道に近いため、外から来た冒険者などによる魔獣狩りが頻繁《ひんぱん》に行われているのだが、街道の真逆に位置する西の森はそうではない。

そのため、他の森に比べ魔獣が比較的多く生息しており、トーヤたちは森に入ってすぐに魔獣と遭遇していた。

「ははっ！　いいねぇ、全部ぶっ殺してやる！」

「あまり乱暴になりすぎるなよ、ヴァッシュ！」

「そうだよー！　今回はトーヤがいるんだから、ちゃんとやってよねー！」

ヴァッシュは嬉々として前に出ては魔獣を殴る、蹴るを繰り返している。

「てめえらの目は節穴《ふしあな》か？　完璧にぶっ殺しているだろうが！」

戦いながら、そう叫ぶヴァッシュ。

力任せに殴っているのではなく、一撃で仕留められる急所を正確に狙っていたのだ。

「おぉ、さすがはヴァッシュさんですね。どんどん魔獣が倒されていきますね！」

「はっはー！　そうだろうよ！　もっと俺様を褒《ほ》め称《たた》えろ！」

トーヤの言葉にヴァッシュは上機嫌となり、攻撃の手がさらに加速していく。

その姿を見たダインとミリカは顔を見合わせると、早々に攻撃の手を緩め、後ろに下がった。

「おや？　どうしたのですか、お二人とも？」

「ああなったヴァッシュを止めるのは面倒だからな、任せることにした」

「一人で全部倒せるなら問題ないもんねー」

トーヤの問い掛けにダインとミリカが答えると、ジェンナは小さく笑う。

「リタは俺たちに掛けていた強化魔法をヴァッシュに掛けてくれ」

「分かりました！」

ダインの言葉を受けて、リタは身体強化の魔法の対象をヴァッシュだけにする。

「ダインさん、強化魔法とはなんでしょうか？」

耳慣れない単語を聞いたトーヤが、ダインへ質問する。

「強化魔法とは、味方の能力を上げる魔法だ。リタは回復魔導師ではあるが、俺たちをサポートする魔法にも長《た》けているんだ」

「今使っているのは身体強化！　簡単に言えば、この魔法が掛かると体がものすごく動きやすくなるって感じ！」

ダインの説明にミリカが言葉を付け足してくれた。

魔法とはなんとなく便利なもの程度の認識しかなかったトーヤは感心してしまう。

「ほうほう、そのような魔法を使えるとは、リタさんはやはりすごいですね！」

「えへへ、前に出て戦えない分、サポートだけはきちんとやらなきゃって、頑張ったんです」

トーヤの褒め言葉に、リタは少し照れながら答えた。

「ですが、ヴァッシュさん一人で大丈夫なのでしょうか？」

「ああなったヴァッシュは、他のやつが前に出ると獲物を横取りするなと怒鳴ってくるからな」

「本当にバトルジャンキーだよねー」

「おら！　てめえら、こっちは終わったぞ！　さっさと来い！」

話をしている間もヴァッシュは魔獣狩りを続けており、周囲の魔獣を完全に狩り尽くしてしまっていた。

「……おぉ、すさまじいですね、ヴァッシュさんは」

「今回のような急ぎの依頼の時には、大いに役に立つわね」

トーヤが感嘆の声を漏らすと、ジェンナも頷きながら同意を示した。

リタが強化魔法を解除したのを見て、ダインが言う。

「助かったぞ、リタ」

「いえ、これくらいは」

「よーし！　それじゃあ万年花を探して、先へ進もー！」

ミリカが元気よく声を上げる。

こうしてトーヤたちは、ヴァッシュの活躍もあって西の森の中腹《ちゅうふく》まで一気に進むことができた。

休憩を挟もうかという話にもなったのだが、一番動いているヴァッシュがそれを即答で断り、休みなしで足を動かした結果でもあった。

「……おや？」

そして、中腹に差し掛かってから一時間ほどが経つと、トーヤの視界の奥に気になるものが映った。

「どうした、トーヤ？」

「何か見つけたの？」

トーヤの呟きにダインとミリカが声を掛けてくる。

ヴァッシュは変わらず魔獣狩りに夢中だ。

「不思議な白い魔力が……」

「『魔力？』」

思わずといった感じで呟いた言葉にダインとミリカが反応を見せると、トーヤは思い出したようにハッとした表情になる。

魔力は聖者の瞳にしか見えないため、そのことを話してはいけないのだ。

「いえ、何やら見たことのない、不思議な鑑定結果がありまして」

「それはどこからなのかしら、トーヤ？」

二人から追及されるのを防ぐため、トーヤの答えにすぐジェンナが言葉を続けた。

幸いなことに、ミリカもダインも特に気にした様子はない。

「奥の方からです。ですが……少し待ってください。これは、なん、でしょうか？」

トーヤは途切れ途切れに答えた。

先ほど見えた白い魔力とは別に、前方の地面から魔力が僅かに噴き上がっていたのだ。

すると、前方にいたヴァッシュが呟く。

「……おいおい、んだよ、この気配は？」

魔力はトーヤにしか見えないが、ヴァッシュも異様な気配を察したのだ。

するとの瞬間、ヴァッシュの近くの地面に見えていた魔力が、彼の足元から一気に噴き出した。

「ヴァッシュさん！　下がってください！」

突然大声を上げたトーヤにダインたちが驚いた。

声を掛けられたヴァッシュは真剣な顔になる。

「ガキ、お前も気づいて——んなっ!?」

ヴァッシュはとっさに後方に飛びのく。

——ドゴンッ！

ヴァッシュが先ほどまで立っていた地面が突如として隆起《りゅうき》し、巨大な植物の根っこが飛び出した。

「ヴァッシュ！」

ミリカが叫んだ。

ダインがヴァッシュの元へ駆け出す。

「大丈夫だ！　てめぇらはガキを守ってろ！」

ダインとヴァッシュが前方で並び立つ。

それと同時に、ミリカとリタはトーヤの傍で臨戦態勢《りんせんたいせい》になった。

（……あれは、なんなのですか？　地中から、どす黒い魔力の塊が出ています！）

トーヤが内心で叫んだ直後、地面から再び巨大な根っこが飛び出すと、周囲の木をなぎ倒しながらトーヤたちへ襲い掛かってきた。

「エアシールド！」

「ウォーターシールド」

直後、ジェンナとリタが風と水の盾を展開し、根っこの攻撃を防ぐ。

「うおおおぉぉっ!?」

しかし衝突により生じた衝撃波まで防ぐことはできず、トーヤは吹き荒れる突風に悲鳴を上げた。

「大丈夫、トーヤ！」

「だ、大丈夫です、ジェンナ様！」

トーヤがそう答えると、ヴァッシュが憎らし気に吐き捨てる。

「クソが！　いきなり過ぎるだろうがよ！」

「きっと近くにこの根を操る魔物がいるはずだ！　俺たちが様子を見てくるから、トーヤを頼む！」

「私も手伝います！」

そう言って、リタは再びダインとヴァッシュに強化魔法を掛けた。

「助かる、リタ！」

「これで魔獣をぶん殴ってやるぜ！　いくぞ、ダイン！」

そう言って、ダインとヴァッシュは駆けだし、リタもその後を追った。

「トーヤは私に任せて！」

ミリカはそう言って、武器を構えつつ警戒態勢を取る。

あっと言う間にダインたちの姿は見えなくなった。

その後トーヤは呟く。

「……ジェンナ様、万年花を採取しに行きましょう！」

「……こ、この状況で⁉　何言ってるのトーヤ⁉」

ジェンナより先にミリカが答えた。

しかし、トーヤは言葉を続ける。

「先ほど、一瞬ではありますが、不思議な鑑定結果が目に入りました。おそらくなのですが、万年花はこの辺りに咲いているかもしれません！」

「えぇ‼　そ、そうなの⁉」

驚きの声を上げたミリカの横でジェンナは悩まし気に呟く。

「しかし、魔獣がどこにいるか分からない以上、トーヤを危険に晒すような真似は……せめてダインたちが戻ってくるまで――」

「だからと言ってこのまま三人が魔獣を倒してくれるのを待っていては、万年花が戦いに巻き込まれる危険だってあるかもしれません。それだけは避けなければならないのです」

トーヤが強い口調でそう言うが、ミリカも負けじと真剣な口調で言い放つ。

「さっきの魔獣は本当に危ないかもしれないんだよ。下手に出歩くと、もしかすると怪我だけじゃすまない目に遭うかも」

「自分の命は確かに大事です。ですが、助けられる命を見捨ててまで助かりたいとは思いません」

いつになく強い口調のトーヤを前に、ミリカも覚悟を決めた。

「……あぁ、もう、分かったよ！　いいですよね、ジェンナ様」

「……本当にありがとう、トーヤ。でも危険を感じたらすぐに逃げますからね」

ジェンナがそう言うと、トーヤは大きく頷いた。

「それじゃあ、ジェンナ様、遠距離攻撃への対応はよろしくお願いします！」

「任せてちょうだい。でも、場所は分かっているのかしら、トーヤ？」

「はい。なんとなくのめぼしはついています」

「すごっ！　それじゃあ、私が前を進むから、トーヤを間に挟んで最後尾をジェンナ様で」

「了解よ。案内を頼むわね」

「こちらから進みましょう、ミリカさん、ジェンナ様」

トーヤたちも歩き出し、西の森の奥へと進んでいく。

「急ぎましょう！　もしかしたらこの瞬間にも万年花が散ってしまうかもしれません」

「ダメだよ！　トーヤの安全が第一だからね！」

「ミリカと同意見ね。エリフィを助けたい気持ちはもちろんあるけれど、あなたを犠牲にしていい理由にはならないのよ？」

ミリカとジェンナが自分のことを第一に考えてくれていることはありがたい。

しかし、トーヤとしてはどうしても万年花の採取をやり遂げたいと思っていた。

「分かっております。ですが、ダインさんとヴァッシュさんとリタさんが頑張ってくれておりますし、諦めたくないのです。それに、こちらにはミリカさんとジェンナ様もいらっしゃいます。お二人と一緒にいれば安全でしょう？」

最後の方は少し冗談っぽくトーヤが告げると、ミリカとジェンナは顔を見合わせたあと、クスリと笑った。

「さすがはトーヤね、こんな時でもそんなことを言えるなんて。冷静だわ」

「本当だねー。私も見習わないとー」

「そうでしょうか？　あはは……実はそうでもないんですがね」

二人から冷静だと褒められたトーヤは苦笑し、内心で思う。

（……当たり前ですが、危険が間近に迫ってくると、恐怖を感じるものですね。お二人がいなければ私は、あの場から一歩も動けなかったでしょう）

冷静そうに見えるトーヤだが、本当は恐怖で体が震えそうになっていた。

だが、そんな姿を見せてしまうとすぐに村に帰ることになってしまうと思い、なんとか平静を装っている。

「……あちらです」

そのことに気づかれないよう、トーヤは穏やかな口調で進むべき道を示していく。

そのまま歩いていくと、遠くから派手な戦闘音が聞こえている。

時折地面を揺るがすほどの衝撃が伝わってくることもあり、トーヤはダインたちを心配する。

「……大丈夫だよ、トーヤ。ダインもヴァッシュもリタちゃんも、そんな柔じゃないからね」

そんなトーヤの心情を察したのか、前を進むミリカが声を掛けてきた。

「ダインたちのことを信用しているのでしょう？　ここでもしっかりと信じてあげなさい」

「ミリカさん、ジェンナ様……ええ、確かにその通りですね」

スフィアイズに転生してから今日までの間、トーヤはダインたちに何度も助けられてきた。

転生したばかりで右も左も分からない自分に手を差し伸べてくれ、二度目の死を覚悟したフレイムドラゴンの幼竜との戦いでは、必死になって助けてくれた。

そんな彼らなら信じられると、トーヤは思ったのだった。

「それよりもトーヤ、進む先はこっちであっているのかな？」

「そのはずです」

そのままどんどんと深い森の中に入っていき、周囲に木々が増えていく。

しかし、突如として周囲の空気が変わった感覚があった。

「……あれ？　なんだろう、空気が澄んできた？」

周囲から感じられる清々《すがすが》しさにミリカが困惑の声を漏らした。

そして歩き続けると唐突に森が開け、美しい湖に出た。

三人は思わず周囲の美しさに息を呑む。

「こ、ここです！　この湖のどこかに、万年花があるはずです！」

トーヤが確信を持ってそう口にした。

ハッとしたようにジェンナとミリカも視線を周囲へ向ける。

「ど、どこだろう！」

「……くっ、わたくしたちには分からないわ、トーヤ！」

「は、はい！」

湖には大量の花が浮かんでいたり、煌《きら》びやかな鉱石が隆起していたりする。

その光景は絶景であり、余裕があればこの場に留まってゆっくりしたい気分になっていただろう。

しかし、トーヤは焦りながら周囲に視線を向ける。

（くっ、鉱石が陰になって、上手く花が視界に収まりません！）

鑑定系のスキルは、視界に入らなければその効果を発揮《はっき》することはない。

慣れない旅やスキルを集中して使いすぎていることもあり、トーヤは疲労を感じ始めていた。

しかし、今が頑張り時だと言い聞かせ、移動しながら湖に浮かぶ花を視界に収め、鑑定していく。

（違う……違う……違う、あれでもない！　どれだ、どれが万年花なんですか！）

トーヤの焦りが募っていく中、背後の方からひと際大きな爆発音が響いた。

地面が揺れ、鑑定に集中しているトーヤがよろめくと、彼の体をミリカが支える。

すると、突如としてトーヤの耳に声が響いた。

『……コッチ……見テ……』

「……え？」

聞いたことのない声に、トーヤは思わず声を漏らす。

「どうしたの、トーヤ？　大丈夫なの？」

「あ、ありがとうございます、ミリカさん。……あの、何か声が聞こえませんでしたか？」

「声？　……ううん、何も聞こえてないけど？」

「……そうですか」

疲労のせいで幻聴《げんちょう》を聞いてしまったのかと、トーヤは首を左右に振る。

しかし、その声は再度聞こえた。

『コッチダヨ……見テ……』

「……いや、やっぱり、聞こえる。こっちなのですか？」

幻聴ではないと確信したトーヤは、声が聞こえてきた方へ歩き、疲労感を覚えながら聖者の瞳を行使する。

「…………あった、ありましたよ！　ミリカさん、ジェンナ様！　あそこに浮かんでいる――虹色《にじいろ》の花です！」

トーヤの言葉にミリカとジェンナも視線を湖の中央に向ける。

そこには確かに虹色の花びらを付けた、他の花よりも一回り程大きな花が水面に浮かんでいた。

「……あれが、万年花なの？」

「……とにかく行ってみましょう」

「あっ、はい！　トーヤも行こう！」

「は、はい」

ミリカに促されて歩き出そうとしたトーヤだったが、突如として体から力が抜ける。

「あ、あれ？」

「「トーヤ！」」

下半身に力が入らず、足がもつれて前のめりに倒れそうになってしまうトーヤ。

そこを左右からミリカとジェンナに支えられ、なんとか顔から地面に倒れ込むのは避けられた。

「す、すみませんでした、ミリカさん、ジェンナ様」

「本当に大丈夫なの、トーヤ！」

「わたくしたちが支えるから、もう少しだけ頑張ってちょうだい」

「は、はい、頑張ります」

疲労のせいか、トーヤの全身から大粒の汗が噴き出してきた。

彼の顔を心配そうに覗き込むミリカ。

ジェンナは口を開く。

「絶対に無理はしないで。いいわね？」

「大丈夫です。ありがとうございます」

二人に支えられながら湖の近くまで来たところで、ミリカが口を開く。

「……あ、あの、ジェンナ様？　どうやって進むんですか？」

万年花と思われる虹色の花は湖の中央に浮かんでおり、とても手が届く距離ではない。

「安心してちょうだい。……エアウォーク」

ジェンナが魔法を発動すると、水面が軽く揺れて周囲の花が岸に寄っていく。

しかし、中央の虹色の花だけはゆらゆらと水面で揺れるだけで、どこにも流れていかなかった。

「さあ、行きましょう」

「行くって……湖に入るんですか？」

「そ、それはさすがに、勇気がいりますね」

及び腰になっているミリカとトーヤを見たジェンナが笑みを浮かべると、大丈夫だと見せるため最初に湖へ足を踏み入れた。すると——

「「……えっ⁉」」

「魔法で浮かぶようになっているから安心してちょうだい」

「「……あ、はい、分かりました」」

驚きつつもそっと歩き出したトーヤとミリカを横目に、ジェンナはやや早足で中央に浮かぶ虹色の花のもとへ向かう。

そして、万年花を間近にしたトーヤたちは、その美しさに一瞬だが言葉を失ってしまった。

「……近くで見ると、こんなにも美しいものだったのですね」

自然とこぼれたトーヤの言葉にジェンナとミリカも頷いていたが、最初に我に返ったのはミリカだった。

「そ、そうだ！　早く万年花の採取をしないと！」

トーヤもハッとし、万年花の詳細な鑑定を行おうとする。

そうすれば、採取方法も分かると思ったのだ。

しかし、トーヤが聖者の瞳を使うより先に、再び声が聞こえてくる。

『ネエ、君！　ソコノ男ノ子！』

「え？　私でしょうか？」

ハッキリと声が聞こえ、思わず返事をしてしまうトーヤ。

ジェンナとミリカが困惑気味に彼に声を掛ける。

「ん？　わたくしは呼んでいないわよ？」

「私も。ってかトーヤ、さっきからどうしたの？　何か聞こえているみたいな感じだけど？」

「いえ、実は先ほどから、何やら声が聞こえているのです。その声のおかげで万年花を見つけられたわけなのですが……」

「……えええええぇぇっ!!　ま、万年花!?　……の声？」

『僕ダヨ、僕！　僕ハ万年花ナノ！』

トーヤが驚愕しながら万年花を見ると、ジェンナとミリカも同じ行動を取った。

しかし、二人は意味が分からないという様子で首を傾げた。

「……ま、万年花の声なんて聞こえたかしら、ミリカ？」

「いいえ、私には聞こえません」

「……もしや、私にしか聞こえていないのですか？」

『ソウダヨ！　僕ノ声ハ、子供ノ君ニシカ聞コエナインダ！』

まさかの事実にトーヤが驚いていると、ジェンナが呟く。

「……そういえば、古い文献で見たことがあるわ。長い年月を生きてきたものには精霊が宿ると。

もしかすると、万年花には精霊が宿っているのかしら」

その言葉を聞き、トーヤは確かめるように口を開く。

「あの、私に話しかけているのは、万年花の精霊なのですか？」

『ウン。僕ハ万年花！　万年花ノ精霊ダヨ！』

「……精霊だそうです。まぁ、私にも姿は見えませんが」

万年花の精霊の答えをトーヤが伝えると、ジェンナとミリカは口を開けたまま固まってしまう。

その後、トーヤは思いついたように口を開く。

「……そうだ！　あの、万年花の精霊様？　一つお願いを聞いていただけないでしょうか？」

『ナーニー？』

「私たち、あなたの花びらを三枚いただきたく、お探ししていたのです」

『僕ノ花ビラ？』

「はい。私たちの知り合いが不治の病に苛《さいな》まれておりまして、あなたの花びらが三枚あれば、治療薬が作れそうなのです。お願いできないでしょうか？」

トーヤがそうお願いを口にすると、万年花の精霊からの返事が途絶えた。

ジェンナとミリカには万年花の精霊の声は聞こえていないため、何がどうなっているのか分からず、不安そうにトーヤと万年花の間で視線を往復させていた。

『…………イイヨー！』

すると、万年花の精霊から元気よく返事が聞こえてきた。

「ほ、本当ですか！」

『ウン！　久シブリニ人ト、オ喋リデキテ楽シカッタンダ！　ソレニ君ハ、無理ヤリ僕ニ触レタリ、採ロウトシタリ、シナイシネ！　ダカラ、ソノオ礼ダヨ！』

声音から万年花の精霊の楽しそうな感情が伝わり、トーヤは思わず微笑んでしまう。

「……えっと、トーヤ？」

「……今はどのような状況なのかしら？」

そこへ状況がいまいち理解できていないミリカとジェンナが声を掛けてきた。

「おっと、失礼いたしました。結論として、万年花の花びらを三枚、いただけそうです」

「それは本当なの！」

「はい、ジェンナ様。精霊様がとてもお優しかったので」

トーヤの言葉を聞いて、万年花の精霊は嬉しそうだ。

『ソレジャア、花ビラヲアゲルネ！』

万年花の精霊がそう口にすると、万年花の花びらが一枚、二枚、三枚と水面に落ちた。

それをトーヤ、ジェンナ、ミリカが一枚ずつ拾い上げる。

「これが、万年花の花びらなのですね」

「採取できたよ、ジェンナ様！」

「これでエリフィが助かるのね！」

トーヤ、ミリカ、ジェンナが声を上げると、再び万年花の精霊の楽しそうな声が聞こえてきた。

『マタ機会ガアレバ遊ビニ来テネ！　ソシタラ、オ喋リシヨウネ！』

その言葉を最後に、万年花の精霊の声は聞こえなくなってしまった。

トーヤは大きく息を吐いた。その後、改めて気合いを入れる。

万年花の花びらは手に入れたが、まだ終わりではない。

魔獣を退けて、トゥイン村まで戻り、エリフィを助けるための治療薬を調合しなければならないからだ。

すると、突如として水面が大きく揺れる。

遅れて大きな戦闘音が後方から聞こえてきた。

「……とりあえず今は、万年花の花びらを私のアイテムボックスに保管しておきましょう。そして、急いでダインさんたちのところへ戻りましょう！」

「その方がよさそうだね」

「急ぎましょう、トーヤ、ミリカ」

万年花の花びらを預かり、アイテムボックスに入れたトーヤ。

その後、ミリカを先頭に、急いでダインたちの元へ向かった。

◆◇◆◇

――場所は変わり森の奥、ダインたちが魔獣と激闘を繰り広げていた。

彼らはあの後森を進み、根っこを操る、大木に似た魔獣と遭遇していた。

「むおおおおおおっ！」

「だらああああああっ！」

ダインの大剣が振り下ろされるのと同時に、ヴァッシュが上空から急降下し魔獣に迫った。

『フシュルララアアアッ!!』

しかし、魔獣はダインの大剣を硬質な枝で弾き返し、急降下するヴァッシュは蔦《つた》を伸ばして空中で叩き落とす。

「ヴァッシュ！」

「大丈夫だ、問題ねえ！」

地面に落ちる直前に受け身を取って衝撃を緩和《かんわ》していたヴァッシュは、素早く立ち上がる。

二人は後退し、リタと合流した。

魔獣と戦い始めてから今に至るまで、足止めには成功しているものの、決定打を与えることはできていなかった。

「この魔獣、トレントですよね……？」

リタが二人に回復魔法を掛けながら困惑気味に呟くと、ダインが頷く。

「トレントで間違いないだろうが、明らかに異常な個体だ」

大木の魔獣、トレントの相手はダインたちも経験済みだったが、目の前の魔獣はトレントの特徴こそあれど、その実力は桁違いだった。

「んなこたどうでもいい！　こいつをどうするかが問題だろうよ！」

ヴァッシュが吐き捨てるように言うと、ダインは答える。

「とりあえず、今はまだ様子見だ。もう少しこいつを見きわめてから判断するぞ！」

「ちっ！　面倒くせぇなあ！」

ヴァッシュとダインは再びトレントに突っ込むが、トレントは巨大な根っこを蠢《うごめ》かせ、攻撃を続ける。

ヴァッシュとダインは舌打ちをしながらそれらを回避していった。

「ダイン！　ヴァッシュ！　リタちゃん」

そこへミリカの声が響いてくると、三人は弾かれたように振り返った。

「ミリカ！」

「おいおい！　なんでこっちに来たバカが！」

ダインは安堵の声を上げ、ヴァッシュは悪態をつきながらではあるが、どこかホッとしているような様子だった。

するとミリカは叫ぶように状況を伝えていく。

「バカは余計！　それよりも、万年花の採取は問題なく終わったから！」

トーヤたちの無事を喜んだリタは、彼らの元へ駆け寄っていく。

「すごい！　採取できたんですね！」

リタが喜びの声を上げると、続けてダインとヴァッシュが口を開く。

「あの後わざわざ採取にいったのか……だが、よくやった！」

「だが、問題はこっちだ！　こいつ、樹皮《じゅひ》が異常に硬いし、いくら殴ってもすぐに回復されて決定打が与えられねえ！　早く手を貸せ！」

ダインとヴァッシュの言葉を受けて、ミリカは隣に立っていたジェンナを横目に見る。

「いってらっしゃい。わたくしもタイミングを見計らって魔法で援護するわ」

「強化魔法をミリカさんにも使いますね！」

リタにそう言われ、ミリカは笑みを浮かべる。

「助かるー！　よーし！　いっくぞー！」

「あっ！　ちょっと待ってください！」

「どわわっ!?」

強化魔法が施されたことで勢いよく駆け出そうとしたミリカだったが、その直前にトーヤから声が掛かり前のめりに倒れそうになってしまう。

「……ちょっと、トーヤ！」

「し、失礼いたしました。ですが、あの魔獣……ギガトレントですか？　普通に攻撃しても倒せそうにありませんよ？」

「ただのトレントではないと思っていたら、ギガトレントという種類だったんですね」

リタは驚いた様子で呟く。

トーヤは良かれと思い目の前のトレント――否、ギガトレントの鑑定を行い、その特徴を正確に把握したのだ。

「……ダイーン！　ヴァッシュー！　トーヤが鑑定してくれたから、もう少し二人で頑張ってー！」

「んなっ⁉　て、てめぇ、ミリカ！」

「了解だ！　トーヤ、すまないが助言を頼む！」

「ガキ、てめえのせいか！　遅らせるんだから、倒せる方法じゃねえと承知しねぇぞ！」

ダインが返事をすると、ヴァッシュもフレイムドラゴンの幼竜の時のことを思い出し、納得したように声を上げた。

とはいえ、最後の発言だけはトーヤを緊張させており、これは失敗できないと苦笑いを浮かべる。

「ヴァッシュの言っていることは気にしないでね、トーヤ」

「ぜ、善処いたします」

「それで、トーヤ。ギガトレントを倒すにはどうしたらいいのかしら？」

トーヤは鑑定結果を読み上げていく。

「現状、ギガトレントは地面に幾重《いくえ》にも張り巡らせている根によって地中から生命力を吸収しているようです。そのためどれだけ攻撃を加えても回復されてしまい、決定打にはなり得ません」

「ということは、まずはその根を攻略しなければならないのね？」

「はい。ですが、地中に埋まった根を切断することも難しい。なのでここは、遠くからでも魔法で攻撃ができるジェンナ様のお力をお借りしたいです。ジェンナ様は魔法でここからあの魔獣の一部分を狙うことはできますか？」

トーヤが真剣な面持ちでそう告げると、ジェンナは間髪を入れずに頷いた。

「もちろんよ。どこを狙うべきか、それはトーヤが示してくれるのよね？」

「ご明察です。場所はギガトレントの根本から一メートルほど上の場所です。あそこにこんもりしている部分があるのですが、分かりますか？」

トーヤの言葉を受けて、ジェンナは視線をギガトレントに向けると、小さく頷く。

「……見つけたわ」

「そこに、ギガトレントが地中から力を得るための核のようなものがあるはずなので、そこを壊せば地中の根は一気に破壊されるようです」

そこまで説明したトーヤだったが、ここで一度言葉を区切り、改めて口を開いた。

「とは言え、言うは易《やす》し、行うは難《かた》しですが、可能でしょうか？」

もし自分が核の破壊を実行できればどれだけ気が楽かと思わずにはいられないトーヤ。

しかし、そんな彼の思いが伝わり、ジェンナはいつも通りの笑みを浮かべながら口を開いた。

「わたくしを誰だと思っているのかしら？」

「商業ギルドのギルドマスター様ですよね？　魔法が使えるのは少し前まで知りませんでしたが」

「あれ？　トーヤ、知らなかったの？」

「え？」

ミリカが驚いたように問い掛けてきたことで、トーヤは首を傾げる。

「ジェンナ様は、とても有名な魔導――」

「いいわ、ミリカ。トーヤには実際に見てもらいましょう。リタ、サポートはお願いね」

ジェンナはいたずらっ子のような無邪気な笑みを浮かべた。

そして僅かに前に出ると魔法の準備を始める。

「ダイーン！　ヴァッシュー！　ジェンナ様が魔法を撃つよー！」

「了解だ！」

「やっとかよ！　遅いんだよ！」

ミリカの合図を受けて、ギガトレントから大きく距離を取ったダインとヴァッシュ。

ジェンナがそう言った直後、無数の魔法の炎が顕現《けんげん》し、ギガトレントの核めがけて撃ち出された。

「フレイムレイン」

『フシュルララアアアアッ!!』

核を守るかのように、ギガトレントは地中からいくつもの根を飛び出させた。

炎と根がぶつかり合い、周囲に火花が散っていく。

「熱！　……くない？」

思わず目を閉じたトーヤだったが、熱さを感じていないことに気づき、目を開ける。

「安心してください！　トーヤさんは、私が守ります！」

気づけば、トーヤの前にはリタの展開した水の盾——ウォーターシールドがあった。

リタがさらに詠唱をすると、周囲の木々が青く煌めいた。

「これでこの辺りに火が燃え移ることはありません！　ジェンナ様、思いっきりやってください！」

そこへリタの力強い声が響き、ジェンナは小さく頷いて笑う。

「勝負よ、ギガトレント！　大魔導士ジェンナが、あなたの力の源を焼き尽くしてあげるわ！」

『ブジュルルラアアアアアアアァッ!!』

ジェンナはさらに炎を打ち出し、炎は至るところで硬い根とぶつかり続ける。

周囲に轟音が響いた。

「……おぉ……おおっ！」

「どうしたの、トーヤ？」

思わずといった感じで声を漏らしたトーヤを見て、ミリカが首を傾げながら声を掛けた。

「ジェンナ様が大魔導師だということも初めて知りましたし、これほど派手な魔法は初めて拝見しました！」

「……あはは、目の前で命のやり取りをしているのに、のんきだなー？」

「はっ！　……あはは、そうでした。私としたことが、つい興奮してしまいました」

頬を掻きながら恥ずかしそうにしているトーヤを見て、ミリカはクスリと小さく笑う。

「まあ、大魔導士様の魔法を間近で見られる機会なんて、そうそうないから気持ちは分かるけどねー」

「その大魔導師というのは、とてもすごい魔導師という認識でよろしいのですよね？」

ジェンナのことを商業ギルドのギルドマスターとしか思っていなかったトーヤは、彼女の新たな一面に驚いていた。

「そうそう、すごい魔導師。なんなら、ものすごーくすごい魔導師だよ！」

「なるほど、ものすごーくすごい魔導師ですか！」

「……あなたたち、もっと緊張感を持ってくれないかしら？」

リタのウォーターシールドに守られているとはいえ、いまだに危機は去っていない状況だ。

その中で普段通りの会話をしている二人を見て、前方のジェンナは少しだけ呆れていた。

「それもそうですね、失礼いたしました」

「あははー、すみません、ジェンナ様」

しかし、二人に声を掛けられるくらいにはジェンナも余裕を見せていた。

それは何故か。徐々にジェンナの炎がギガトレントの核に迫りだしているからだ。

地中から得られる生命力と、ジェンナの魔法を防ぐために使っている力が釣り合っておらず、徐々に根による防御が間に合わなくなってきている。

そのことにはジェンナだけでなく、ダインも気づいていた。

「さて、そろそろ終わらせましょうか」

「ダイーン！　ヴァッシュー！　そろそろだってー！」

ジェンナの呟きを耳にしたミリカが合図を送ると、ダインとヴァッシュが臨戦態勢を整えた。

続けてミリカが口を開く。

「リタちゃん。私に使う予定だった強化魔法は、ダインとヴァッシュに使ってちょうだい」

「分かりました！」

するとリタは即座にダインとヴァッシュへの強化魔法をより強力なものにしていく。

「ブースト」

ジェンナがそう呟くと、火の数が倍近くになり、直後、拮抗していた炎と根の戦況《せんきょう》が一気に崩れた。

『ブジュルルララ――アァ？』

ギガトレントは驚いたような声を上げた。

突如として無数の炎が自身に迫ったのだから、当然の反応である。

『ブ、ブブジュリャリャアアアァァアアァァッ⁉』

「焼き尽くしてあげるわ」

ギガトレントは慌ててさらにいくつもの根を地中から飛び出させるものの、その全ては一瞬のうちにジェンナの炎に焼き尽くされていく。

根だけでは対処できないと思い、ギガトレントは自身の体に生えた枝を伸ばし炎を防ごうとした。

だが――

「ジェンナ様の邪魔はさせんぞ！」

「ぶっ飛べ、ザコが！」

伸びてきた枝を、ダインとヴァッシュが叩き落し、蹴り飛ばしていく。

すると今度は間近にいる二人から排除しようと判断したのだろう、無数に蠢く枝がダインとヴァッシュめがけて殺到した。

「遅いわ！」

しかし、ギガトレントの枝が二人を捉えることはなかった。

何故なら枝が二人を捉えるよりも先に、ジェンナの炎の全てがギガトレントの根の核になっている部分を捉えたのだ。

瞬間、ギガトレントが絶叫する。

『ブギュリャリャアアアオオオアアアアァァアアァァッ!?』

絶叫が西の森にこだまし、地面が大きく揺れ始めた。

それと同時にギガトレントに近い場所で地割れが起き、割れ目から炎が噴き出した。

「おぉっ！　これはまた迫力のある光景――どわあっ!?」

「危ないわよ、トーヤ！」

ミリカにグイッと腕を引っ張られた直後、足元から炎が噴き出した。

「……おぉ、ありがとうございます、ミリカさん」

ギガトレントの根は地中深く、広範囲に及んでいる。

その全てが燃えだしたことで、地中から炎が噴き出しているのだ。

「まだ油断できないわよ！　ダイン、ヴァッシュ！　さっさと片づけちゃって！」

「さらに強力な強化魔法を使用します！」

ミリカの言葉にリタが反応した。

「わたくしはみんなの守りに徹するわ。二人とも、任せたわよ」

ジェンナはそう言って炎魔法を止め、トーヤを守るようにして前に立つ。

「よし、あとは任せろ！」

「ようやくぶっ殺せるのか！」

チャンスだと思ったダインとヴァッシュは、全身に力を込めて前に出る。

『ブジュジュ……ジュジュジュジュララアアアァァアアァァッ!!』

一方でギガトレントは、すぐには根が回復しないことを悟り、残る力を振り絞って邪魔者を排除することを選択した。

だが、この選択がギガトレントの運命を分ける結果になった。

『ブジュルルラアアアアアアアアアッ!!』

「ふっ！」

ダインに迫っていく枝は一瞬のうちに両断されて宙を舞う。

『ブジャララアアアアッ!!』

「邪魔くせえ！」

ヴァッシュに襲い掛かった枝は、蹴られた瞬間弾けて粉砕した。

先ほどまでの樹皮の硬さは失われており、二人の攻撃を受けると一瞬でボロボロになってしまった。

『ブ、ブギャララアアアアッ!!』

なんとか殺せる相手を狙おうと、離れたところにいるトーヤに枝を伸ばしたギガトレント。

「ウインドシールド」

しかし、その攻撃はジェンナの風の盾に遮られた。

「当たらないよーだ！」

何故かミリカがどや顔をしている。

そうしている間にもダインとヴァッシュが間合いを詰めていき——ついに決着の時を迎えた。

「強化魔法を筋力に極振りします！」

リタがそう叫ぶと、ダインとヴァッシュの腕が光り輝く。

『ブ……ブブ、ブブジュリャリャアアアァアァアァアァッ!?』

最後のあがきで根と枝を至るところへ振り回していたのだが、生命力を得ていた根の核を失ったからだろう、最初の頃の力強さはどこにもない。

「終わりだ！」

「死にやがれ！」

そして、ギガトレントは何もできずにダインの大剣によって半ばまで切り裂かれ、残り半分をヴァッシュの拳によって粉砕されると、絶命と同時にその巨体を横たえた。

「…………お、終わりましたね〜」

ギガトレントが討伐されたのを見たトーヤは、大きく息を吐きながらそう口にした。

張り詰めていた緊張の糸が解け、全身にドッと疲労感が襲い掛かってくる。

すると、ミリカ、ジェンナ、リタが笑みを浮かべた。

「助かったわ、トーヤ！」

「本当に、トーヤのスキルは素晴らしいわね」

「ありがとうございます、トーヤさん」

「いやいや、皆様がいてくれたおかげです」

トーヤは本心から言葉を発した。

ジェンナやミリカやリタ、ダインやヴァッシュがいてくれたからこそ、こうして笑みを浮かべながら言葉を交わすことができているのだと強く感じた。

「おい、ミリカ！　さっさとこっちに来てこいつの解体を手伝え！」

「すまない、ミリカ。頼めるか？」

「ヴァッシュはもう少し優しく頼めないかな〜。でもまあ、そういうことだから私は二人のところに行ってくるね！」

ヴァッシュとダインから声が掛かり、ミリカは断りを入れてから駆け出していく。

走り出したミリカを見送ると、トーヤは近くに切り株を見つけて腰掛けた。

「今回の戦いはどうだったかしら、トーヤ？」

「いやはや、少しは魔獣に慣れたかと思ったのですが、そうではなかったようですね。緊張が解けた瞬間から、ドッと疲れが出てしまいました」

「魔獣との戦いを生業《なりわい》にしている者でなければ、たいていはそうなるわ」

ジェンナの言葉を聞いたトーヤは、ふと気になっていたことを口にしてみる。

「ジェンナ様はどうなのですか？　私はずっとただの商業ギルドのギルドマスターだと思っていたのですが……大魔導師様、なのですよね？」

トーヤがそう口にすると、ジェンナはいたずらっ子のような笑みを彼に向けた。

「驚いたかしら？」

「とても驚きました。魔法を使えることはギグリオさんに聞いて知りましたが、まさか大魔導師だとは……むしろ、そのようなお方がどうして商業ギルドのギルドマスターをやっているのかが、不思議でなりません」

先ほどの彼女の実力を見れば、冒険者になれば引く手あまただろうとトーヤは感じる。

しかし、ジェンナは冒険者になるという選択をしていない。

そこには何か理由があるのだろうとトーヤは考えたのだが、その答えを聞く前にミリカから声が上がった。

「んもぉ～！　大きすぎるよ、この魔獣～！」

突然の声にトーヤたちが振り返ると、あまりの巨体に頭を抱えているミリカの姿があった。

「まあ、あの巨体ですからね」

「解体だけでも数時間は掛かるかもしれないわね」

「ですが、それだと時間が掛かり過ぎますよね。エリフィ様のことを考えると、なるべく早く戻りたいのですが……」

リタとジェンナの言葉を聞いたトーヤはそう呟くと、とある考えに行きつく。

「……あの、私もダインさんたちのところへ行ってもいいでしょうか？」

「構わないわ。一緒に行きましょうか、リタ」

「はい、ジェンナ様」

トーヤの提案でダインたちに合流すると、彼は口を開く。

「ダインさん。ギガトレントですが、私のアイテムボックスに入れてみてもいいでしょうか？」

「……これをか？　ここまでの大きさでも入るのか？」

そう言ってギガトレントへ目を向けるダイン。

「物は試しです。ちょっと失礼いたします」

「あ、あぁ。分かった」

困惑したまま返事をしたダインの横を通り、トーヤはギガトレントの前まで移動する。

そして、アイテムボックスにギガトレントを入れるイメージをすると――

――ギュオン！

「……おぉ、入りましたね」

あまり聞いたことのない音を残して、ギガトレントの体が一瞬でアイテムボックスの中に消えてしまった。

「……俺は夢を見ているのだろうか？」

「……おいおい、マジかよ」

「すごーい！　トーヤ、本当にすごいよ！」

「アイテムボックス持ちの方には初めて会いましたが、ものすごい容量なのですね！」

ダインとヴァッシュは驚きと呆れが入り混じった声を漏らし、ミリカとリタは歓喜の声を上げた。

「アイテムボックス持ちが全員トーヤと同じだと思ったらダメよ」

そこへジェンナから冷静な注意が入った。

「そうなんですか、ジェンナ様？」

「わたくしは何人かアイテムボックス持ちを見てきましたけれど、容量は人それぞれで、そのほとんどがそこまで大きくなかったわ」

ジェンナがリタに答えると、ミリカがトーヤを見た。

「へぇー。やっぱりトーヤは色んな意味で規格外ってことだね！」

「……それは褒め言葉なのでしょうか？」

「もちろん！　褒め称えているんだからね！」

「……まあ、そういうことにしておきます」

何故か胸を張って言い切ったミリカを見て、トーヤは苦笑しながらそう答えた。

「それよりも、急いでトゥイン村に戻りましょう。エリフィ様が待っていますよ」

「トーヤの言う通りね」

「それもそうですね！　よーし、帰るぞー！」

トーヤの言葉にジェンナとミリカが同意を示すと、全員で帰り道を歩き出した。

「あ、おい、ガキ！　俺の前を歩くんじゃねえ、危ねぇだろうが！」

「心配してるんだ、ヴァッシュ～？」

「あぁん？　てめぇ、ぶっ飛ばすぞ！」

いつもと変わらないやり取りを始めたヴァッシュとミリカを見て、ダインは苦笑を浮かべながらトーヤの横に並ぶ。

「本当にすごいな、トーヤは。助かったぞ」

柔和な声でそう口にすると、大きな手で優しくトーヤの頭を撫でた。

「……ありがとうございます」

少しばかり照れくさくなったトーヤは、視線を下に向けながら返事をする。

その姿はトーヤらしくない子供らしい反応で、他の全員が微笑ましく思ったのだった。


その後、トゥイン村に戻ってきたトーヤたちは、その足でエリフィの屋敷へと向かう。

「戻ったわよ、オルグ！」

玄関の扉を開きながらジェンナが声を掛けると、オルグが奥の部屋から慌てて顔を出した。

「ジェ、ジェンナ様！」

「万年花の花びらを手に入れたわ。調合の準備をしたいから、エリフィの部屋に入るわよ？」

「もちろんです！　中へどうぞ！」

オルグがそう言って歩き出すと、先ほどと同じくジェンナとトーヤがエリフィの部屋へと向かう。

「……ジェンナ様、調合方法は私が口頭でお伝えしてもよろしいでしょうか？」

「お願いするわ。実際のところ、わたくしは調合方法は分からないのだから」

移動しながらトーヤが調合方法について小声で問い掛けると、ジェンナは申し訳なさそうに頭を下げる。

「本当に面倒を掛けるわ。ごめんなさいね、トーヤ」

「私にできることで誰かの命が助かるのであれば、それはとても嬉しいことです。なので、お気になさらず。それに、どうせ言ってくれるのであれば、謝罪よりもお礼の方が私としては嬉しい限りです」

「……うふふ。それもそうね。ありがとう、トーヤ」

冗談交じりにトーヤがそう伝えると、ジェンナは優雅な笑みを浮かべながらお礼を口にした。

そのままエリフィの部屋に到着し、二人は眠りについているエリフィを目にする。

すると、ジェンナは先に中へ入っていたオルグに声を掛ける。

「ごめんなさい、オルグ。魔力欠乏症の治療薬については、まだ調合法を秘匿《ひとく》しているの。だから申し訳ないのだけれど……」

「分かりました、私は外に出ておきます。ですのでどうか母上を、よろしくお願いいたします！」

オルグはすぐに了承し、勢いよく頭を下げた。

エリフィのことは気になるが、ここで自分が駄々をこねても、母を助ける時間が遅れてしまうだけだということをオルグも理解しているのだ。

「任せてちょうだい」

「それでは、失礼いたします。トーヤ君も、よろしく頼む」

「かしこまりました」

部屋を出る間際、オルグは残っているトーヤにも声を掛けてくれ、そのまま退出した。

「それじゃあよろしく頼むわね、トーヤ」

「はい！」

ジェンナはトーヤへ声を掛けると、すぐに調合を開始すべく、アイテムボックスの魔導具から必要な素材と、調合に必要な道具を取り出していく。

治療薬の調合に必要なものは先ほど採取してきた万年花の花びら三枚の他に、精製水、特級ポーション、黄金魚の魔石の粉末。

トーヤは自身のアイテムボックスから万年花の花びらを三枚取り出して調合に備えながら、再度エリフィを鑑定する。

一瞬で鑑定結果が視界に現れ、そこに書かれた魔力欠乏症の治療法を読み上げていく。

「調合は常温で行います。まずは特級ポーションに精製水を少量ずつ加え、かき混ぜていきます。特級ポーションが一〇に対して、精製水が四の割合です」

「分かったわ」

トーヤの説明を聞きながら、ジェンナが調合を行っていく。

調合方法が分かっていても、トーヤは実際に調合を行ったことがない。故に、調合に関してはジェンナに任せるしかなかった。

「……できたわ」

「続いては、混ぜ合わせた液体に黄金魚の魔石の粉末を……魔力を纏わせながら一気に加える？」

最後の一文の意味が理解できず、トーヤが疑問形になりながら言葉を続けた。

「分かったわ」

「分かったのですか？」

「魔力を纏わせるのは調合をする上では基本中の基本だもの」

まさかの答えに驚いていると、ジェンナはトーヤの説明通りに黄金魚の魔石の粉末に、自らの魔力を纏わせながら、液体の中へ一気に加えていく。

すると液体は粉末と同じ黄金色に変化した。

「なんとまあ、派手な液体ができてしまいましたね」

「次はどうするのかしら？」

「あ、はい。次は……最後の工程ですね。万年花の花びらを一枚ずつ液体に加え、完全に溶け込ませます。これを三枚分繰り返すと、魔力欠乏症の治療薬が完成するはずです」

あまりに派手な黄金色の液体に見入っていたトーヤは、ジェンナの問い掛けに慌てて答えた。

「よし、やるわよ」

ジェンナは改めて気合いを入れ直すと、トーヤがアイテムボックスから取り出した万年花の花びらを、まずは一枚受け取った。

そのまま黄金色の液体の上に落とすと、ゆっくりと混ぜ合わせる。

　すると万年花の花びらが徐々に溶け出していき、黄金色だった液体が色を変えていく。

　一色だった色が二色となり、もう一枚加えると二色が四色に、そして三枚目を加えて完全に溶け込むと――

「なんと！　七色の液体になりましたよ、ジェンナ様！」

「どうかしら、トーヤ？　これが治療薬ということで、いいのかしら？」

　調合を終えたジェンナが問い掛けると、トーヤは急いで七色の液体を鑑定する。

「……問題ありません、ジェンナ様！　こちらが魔力欠乏症の治療薬になります！」

「分かったわ。オルグを呼んでくるわね!!」

　治療薬が完成してからの動きはとても早かった。

　ジェンナは急いで部屋をあとにし、すぐにオルグと共に戻ってきた。

「治療薬が完成したわ。エリフィに飲ませるから、手伝ってちょうだい」

「は、はい！」

　ジェンナがオルグに言葉を掛けると、二人はエリフィが眠るベッドへ向かう。

　そして、オルグが優しく彼女の上半身を起こした。

　額には大粒の汗を浮かべており、容態《ようだい》が悪いのは一目瞭然《いちもくりょうぜん》だ。

　ジェンナはできたばかりの治療薬をアイテムボックスの魔導具から取り出したコップに注ぐと、ゆっくりと彼女の口元へ近づけ、少しずつ流し込んでいく。

「飲んでちょうだい、エリフィ。これを飲めば、きっと楽になるわ」

ジェンナの声が聞こえたのかどうかは分からないが、エリフィは目を閉じながら、ゆっくりとではあるが治療薬をゴクリと飲み込んでくれた。

それから数回に分けて治療薬を飲ませ、全てを飲ませ終える。

すると、治療薬を飲んだエリフィの顔色は徐々に良くなり、ジェンナもオルグもホッと胸を撫で下ろした。

トーヤはこっそりと聖者の瞳でエリフィを鑑定しており、治療薬がしっかりと効果を出していることに笑みを浮かべる。

「わたくしはしばらくエリフィの様子を見ているから、オルグは休んでおきなさい。大丈夫だと判断したら交代してもらうわ」

「はい！　本当にありがとうございました、ありがとうございました！」

オルグは何度もジェンナに頭を下げながら、再び部屋をあとにした。

「……トーヤ、どうかしら？」

「問題ありません、治療薬はしっかりと効果を発揮しているようです」

「そう……あぁ、それを聞いて安心したわ」

ずっと表情を崩すことがなかったジェンナが、トーヤの答えを聞いてようやく笑みを浮かべた。

エリフィの顔色を見ても、実際の答えを聞くまでは安心できなかったのだ。

「今後はエリフィ様には朝昼晩、しっかりと食事をさせることが重要のようです。今のエリフィ様には栄養が足りていないようですから」

トーヤが鑑定結果に書かれた内容を伝えると、ジェンナは頷いた。

「分かった、オルグにはそう伝えるわ」

「よろしくお願いいたします」

「それにしても、今回は本当に助かったわ、トーヤ」

改めてジェンナがお礼を口にすると、トーヤは笑顔になった。

「私は私にできることをやっただけですし、そこまで気を遣わないでください」

「あなたはそう言うけれど、やはりわたくしとしてはお礼したいわ」

「でしたら……分かりました、そのお言葉、しっかりと受け取らせていただきます」

それからしばらくはエリフィの様子を見ながら時間を過ごし、問題ないとジェンナが判断したところでオルグと代わり、部屋をあとにした。

その時にはエリフィの顔色は赤みを取り戻しており、誰が見ても病人だとは思えないほどに回復していたのだった。

◆◇◆◇第九章：トーヤ、ラクセーナへ帰る◇◆◇◆

それからトーヤたちは三日、トゥイン村に滞在した。

ジェンナはエリフィの容態を確認するために何度も彼女の部屋を訪れ、ダインたちは定期的に西の森の魔獣の調査、殲滅《せんめつ》を行っていた。

結果、エリフィの容態は回復へ向かっており、ひとまずは問題ないだろうと判断された。

そして西の森に関しても、これ以上魔獣が確認されることはなくなり、仮に子供たちだけで万年花のあった湖に行っても安全だろうと、ダインは口にした。

そうなるとトーヤたちにできることはなくなり、ラクセーナへ帰ることになった。

「ジェンナ様、それに皆様も。私のためにこのような辺鄙《へんぴ》な村まで来ていただき、本当にありがとうございました」

トーヤたちがトゥイン村を発つ早朝、村の入り口には見送りのためにエリフィが来ていた。

隣にいるオルグに支えられながらも、彼女は自分の足で立っている。

「エリフィ、無理をしてはダメよ？」

「何を仰いますか、ジェンナ様。こうして出歩けるようになったのも、ジェンナ様や皆様のおかげなのですから、見送りには顔を出させてくださいな」

心配するジェンナの言葉に、エリフィは笑顔で首を横に振った。

エリフィの顔色は十分な赤みを帯びており、薬を飲む前からは考えられないほど穏やかな表情をしていた。

そしてエリフィは、ジェンナだけではなくトーヤやダインたちにも視線を向けて口を開いた。

「ジェンナ様、トーヤ君、それに冒険者の皆様も、今回は本当にありがとうございました。トゥイン村に足を運ぶ機会がございましたら、ぜひ我が家を訪れてくださいませ。精いっぱいのおもてなしをさせていただきます」

「それじゃあ、次に足を運ぶ日を楽しみにしているわね。もっと話をしていたいのだけれど、そろそろ行かなくちゃね」

「それもそうですね。皆様、長々と話をしてしまい申し訳ございませんでした」

名残惜しそうにジェンナが話を区切ると、エリフィも頷いてダインたちへ頭を下げた。

その様子を見て、ダイン、ミリカ、ヴァッシュ、リタは口々に言う。

「いえ、俺たちはまだ時間がありますよ」

「なんならジェンナ様、もう一泊していきますか？」

「……まあ、この辺りの魔獣狩りも悪くはねぇか」

「私も皆さんと一緒に行動できるので、構いません！」

みんなが気を利かせていると分かり、ジェンナは苦笑しながら答える。

「ありがとう。でも、そろそろ商業ギルドに戻らないと、仕事が溜まっていそうで怖いわ」

最後にジェンナが肩を竦めながらそう口にしたことで、その場にいた全員が笑い声を上げた。

「それじゃあ、そろそろ行くわね」

「お礼ばかり言っていると思うけど、本当にありがとうございました。またのお越しをお待ちしております」

そう言って、エリフィとオルグは深く頭を下げる。

そして、トーヤたちはトゥイン村をあとにした。

エリフィとオルグはトーヤたちの姿が見えなくなるまで村の入り口に立ち、手を振り続けていた。

ラクセーナまでの道中、トーヤはミリカから質問攻めに遭っていた。

「ねえ、トーヤ！　トーヤってまだ何か隠していることがあるんじゃないの？　本当にスキルは古代眼？　実はもっとすんごい鑑定士なんじゃないの！」

「あの、その、ミリカさん？　お顔が、とても近いですよ？」

鼻と鼻がくっついてしまいそうなほど近い距離で問い詰められてしまい、トーヤは思わず顔を逸《そ》らしてしまう。

「そろそろやめるんだ、ミリカ」

見かねたダインがミリカの首根っこを掴んで引き離したが、それでも彼女の口が止まることはない。

「だってー！　魔獣と戦った時のトーヤの鑑定、ものすごくすごかったんだもーん！」

「だとしても、俺たちが探っていいものではないだろう。お前なら自分の秘密を聞かれたとして、簡単に答えるのか？」

「それは……まあ、答えないけど」

ダインの言葉にミリカは異《い》を唱《とな》えようとしたものの、すぐに声は尻すぼみになる。

「そういうものだ。トーヤも気にするんじゃないぞ？」

「あはは……ありがとうございます、ダインさん」

申し訳なさそうに声を掛けてくれたダインに、トーヤは苦笑いを浮かべながらお礼を口にする。

「うぅぅ～、で～も～！」

「うるせぇな、てめえは！」

それでも納得しきれていないミリカの声を聞き、今度はヴァッシュが声を上げた。

「ガキが俺たちのことを本当に信じられる時が来たら自分から言うだろうが！　ならそれまで待っておけってんだ！　うるせぇんだよ！　てめぇはマジで！」

先頭を進みながら、こちらを見ることなく放たれたヴァッシュの言葉に一番驚いたのはトーヤだった。

「……ヴァッシュさん」

「それとだ、ガキ！　何度も言ってるが、俺の近くで安易に変なことを口にすんじゃねえぞ！　聞こえているからな、俺は！　いいか！」

「……心配してくれてありがとうございます。気をつけますね」

「別に心配してんじゃねぇよ！　ふざけんな！」

トーヤがお礼を告げると、恥ずかしくなったのかヴァッシュは大股になり、一人だけ先に行ってしまう。

そんな彼の背中を見ていたダインとミリカとリタは顔を見合わせると、笑みを浮かべた。

「確かに、ヴァッシュの言う通りだな」

「トーヤ！　私たちのことが信じられるようになったら、あなたの秘密を教えてね！」

「私も信じてもらえるよう、努力します！」

「いやはや、私は皆さんのことを信じているのですが……ですがまあ、そうですね。上司の許可が下りましたら、きちんと説明させていただきます」

自分だけではすぐに判断できないと考えたトーヤは、ジェンナを見てそう返した。

「……全く、この子は」

今すぐに、というわけにはいかなかったが、ジェンナは苦笑しながら一つ頷いてくれた。


トーヤたちがラクセーナの門の前に到着すると、トーヤとジェンナは商業ギルドへ、ダインたちは冒険者ギルドへと向かうことになった。

「それでは失礼いたします。ジェンナ様、トーヤ」

「楽しかったよ、トーヤ！」

「また何かあれば連絡しろ。暇だったら受けてやる」

「これからもよろしくお願いいたします、トーヤさん」

ダイン、ミリカ、ヴァッシュ、リタが声を掛けてくれた。

「はい！　これからもよろしくお願いいたします！」

こうしてダインたちと別れたトーヤ。

そのままジェンナと共に商業ギルドへと歩き出す。

「なんでしょう、数日ラクセーナを離れていただけですが、この道を歩くのがとても懐かしく感じます」

歩きながらトーヤがそう口にすると、ジェンナは嬉しそうに微笑んだ。

「それは、トーヤがラクセーナを帰るべき場所だと思ってくれている証拠ではないかしら？」

「帰るべき場所、ですか？」

ジェンナの言葉にトーヤは聞き返した。

「えぇ、そうよ。まあ、わたくしとしてはトーヤにラクセーナから出てほしくないし、願望も込めて言っているのだけれど」

ジェンナの言葉に、トーヤは苦笑を浮かべてしまう。

「……そうですね。帰る場所になっていると私もそう思います」

「うふふ。それなら嬉しいわ」

そんなことを話していると、あっという間に商業ギルドへ到着した。

商業ギルドの建物を真正面から眺めて、トーヤはふと立ち止まり考える。

(あぁ、帰ってこられたのですね。ジェンナ様の言う通り、私の帰るべき場所はラクセーナであり、商業ギルドなのかもしれません)

「どうしたの、トーヤ？」

先を歩いていたジェンナが振り返り声を掛けると、トーヤは「なんでもありません」と言って微笑みながら走り出す。

ジェンナも笑みを浮かべると、そのまま商業ギルドの扉を開いた。

「みんな、戻ったわ」

扉を開けたジェンナが声を掛けると、職員の視線が一気に集まった。

「留守の間、問題はなかったかしら？」

視線が集まったことに気づいたジェンナがそう問い掛けると、ほとんどの職員から一斉に声が上がった。

「「「トーヤ君！　助けてくれ～!!」」」

「……わ、私、ですか？」

「あらあら、仕事が随分と溜まっているみたいね」

すると、リリアーナが立ち上がり、呆れたように口を開く。

「ほらほら、みんな！　ギルマスもトーヤ君も疲れているんだから、いきなり頼ろうとしない！」

「で、でも、リリアーナさ～ん！」

「自分の仕事は自分でする！　本当に危なくなったら周りでカバー！　それでもヤバかったら上司に相談！　前も言ったでしょ！」

「「「……は～い」」」

リリアーナが注意をしたことで、職員たちからとても悲しそうな声が響いた。

その様子を見たトーヤはそそくさとリリアーナの方へ向かい声を掛ける。

「あの、リリアーナさん？」

「おかえりなさい、トーヤ君」

そう言って、優し気な笑みを浮かべたリリアーナ。

トーヤは頷いて答える。

「ただいま戻りました。えっと、その、お仕事のお手伝いをいたしましょうか？」

「ううん、無理しないで。みんなまだまだ大丈夫なんだから。そうよねー、みんなー？」

「「「……だ、大丈夫で～す」」」

ヴァッシュとはまた違う、有無を言わせない迫力を持ったリリアーナの言葉に、職員全員が同意の言葉を発した。

「そういうことだから、今日はギルマスと一緒にあがってちょうだい」

「あら、わたくしもいいのかしら？」

「ギルマスもたまには休んでください。特に今回は遠くまで足を運んだんですからね」

リリーナがそう言うと、ジェンナは小さく笑う。

「うふふ、それじゃああありがたくお休みをいただこうかしら」

「ふむ、ジェンナ様がそう言うのであれば、私もお休みをいただきましょうかね」

そう口にしたトーヤは、リリアーナに断りを入れフェリの方へと向かう。

「フェリ先輩、お疲れ様です」

「お疲れ様、トーヤ君。今日まで大変だったでしょう？　ゆっくり休んでちょうだいね」

「ありがたくお休みをいただこうと思いますので、明日からまたよろしくお願いいたします」

トーヤはフェリに対し頭を下げる。

その後、全員に向けて挨拶をし足早に商業ギルドを飛び出していく。

先ほどトーヤは商業ギルドが帰る場所だと考えていたが、今の彼にとっては帰る場所は他にもある。

トーヤの歩みは速くなり、徐々に表情も明るくなっていった。

そして帰る場所が見えてくると、トーヤはふと我に返った。

「はぁ、はぁ、はぁ、はぁ……あれ？」

気づけば肩で息をしており、トーヤはそれだけ急いで帰りたかったのだと自分でも驚いてしまう。

トーヤは息を整えながらその建物の裏口に回る。

そして、扉をノックした。

すると建物の中から足音が聞こえてきて、徐々に扉の方へ近づいてくる。

――ガチャ。

「おかえり、トーヤ」

「ただいま戻りました、ブロンさん！」

迎えてくれたブロンの優しい微笑みを見て、トーヤは満面の笑みを返す。

「今日は疲れただろう、ゆっくり休んだらいいよ」

「休みたいところなのですが、ブロンさんに語りたいことがたくさんあるのです！　聞いていただけませんか？」

「いいのかい？　それじゃあ、お茶菓子が必要だね」

ブロンの家に帰ってきたトーヤは、日常に戻ってきたのだと実感する。
そしてすぐにでもブロンに何が起きたかを話したいと感じた。
これからトーヤは、ブロンに長い、とても長い土産話をする。
それがトーヤにとって、本日最大の楽しみとなるのだった。

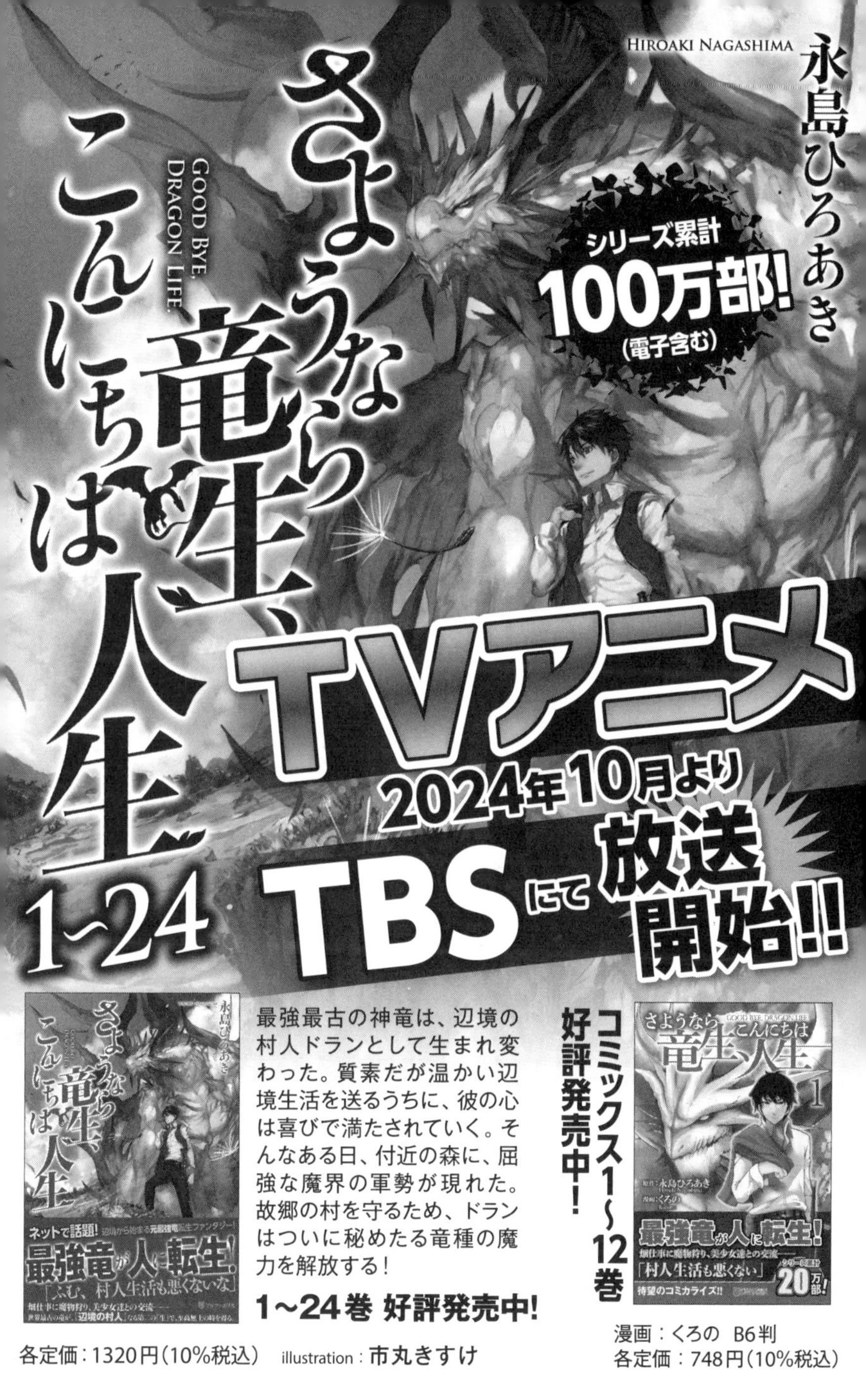
HIROAKI NAGASHIMA
永島ひろあき
さようなら竜生、こんにちは人生
GOOD BYE, DRAGON LIFE
1~24
シリーズ累計
100万部!
(電子含む)
TVアニメ
2024年10月より
TBSにて放送開始!!
最強最古の神竜は、辺境の村人ドランとして生まれ変わった。質素だが温かい辺境生活を送るうちに、彼の心は喜びで満たされていく。そんなある日、付近の森に、屈強な魔界の軍勢が現れた。故郷の村を守るため、ドランはついに秘めたる竜種の魔力を解放する!
1~24巻 好評発売中!
各定価:1320円(10%税込)
illustration:市丸きすけ
ネットで話題!
最強竜が人に転生!
「ふむ、村人生活も悪くないな」
コミックス1~12巻
好評発売中!
さようなら竜生、こんにちは人生
GOOD BYE, DRAGON LIFE
1
原作 永島ひろあき
漫画 くろの
最強竜が人に転生!
「村人生活も悪くない」
待望のコミカライズ!!
20万部!
漫画:くろの B6判
各定価:748円(10%税込)

月が導く異世界道中
Tsukiga Michibiku Isekai Dochu
Azumi Kei
あずみ圭
1~20
8.5
シリーズ累計
420万部の超人気作!
(電子含む)
TVアニメ第3期
制作決定!!
1~20巻
好評
発売中!!
コミックス
1~14巻
好評発売中!!
illustration：マツモトミツアキ
異世界へと召喚された平凡な高校生、深澄真。彼は女神に「顔が不細工」と罵られ、問答無用で最果ての荒野に飛ばされてしまう。人の温もりを求めて彷徨う真だが、仲間になった美女達は、元竜と元蜘蛛!?とことん不運、されどチートな真の異世界珍道中が始まった!
▶3期までに◀
原作シリーズも
チェック!
漫画：木野コトラ
【B6判】
20巻 定価：1430円（10%税込）
1~19巻 各定価：1320円（10%税込）
14巻 定価：770円（10%税込）
1~13巻 各定価：748円（10%税込）

ダンジョンで
サービス残業を
していただけなのに
I was just doing unpaid overtime in the dungeon.
～流離《さすら》いのS級探索者と噂になってしまいました～
著 K.K
サービス残業続きの青年
お気楽英雄として
人生リスタート!!

ダンジョンで
サービス残業を
していただけなのに
～流離いのS級探索者と噂になってしまいました～
著 KK
サービス残業続きの青年
お気楽英雄として
人生リスタート!!
強くて可愛い仲間と未知なるダンジョンに挑みます!!

辺境テイマー師弟のワケありもふもふファンタジー！

従魔を一匹もテイムできず、とうとう冒険者パーティを追放された落ちこぼれ従魔術師のラーハルト。それでも従魔術師の道を諦めきれない彼は、辺境で従魔の引き取り屋をしているという女従魔術師、ツバキの噂を聞きつける。必死に弟子入りを志願したラーハルトは、彼女の家で従魔たちと暮らすことになるが……畑を荒らす巨大猪退治に爆弾鼠の爆発事件、果ては連続従魔窃盗事件まで、従魔絡みのトラブルに二人そろって巻き込まれまくり!?

◉定価：1430円（10%税込）◉ISBN 978-4-434-34061-1

◉Illustration：満水

この作品に対する皆様のご意見・ご感想をお待ちしております。
おハガキ・お手紙は以下の宛先にお送りください。

【宛先】
〒150-6019 東京都渋谷区恵比寿 4-20-3 恵比寿ｶﾞｰﾃﾞﾝﾌﾟﾚｲｽﾀﾜｰ 19F
（株）アルファポリス書籍感想係

メールフォームでのご意見・ご感想は右のＱＲコードから、
あるいは以下のワードで検索をかけてください。

アルファポリス　書籍の感想　検索

ご感想はこちらから

本書はWebサイト「アルファポリス」（https://www.alphapolis.co.jp/）に投稿されたものを、改題・改稿、加筆のうえ、書籍化したものです。

ファンタジーは知《し》らないけれど、何《なに》やら規格外《きかくがい》みたいです 2
神《かみ》から貰《もら》ったお詫《わ》びギフトは、無限《むげん》に進化《しんか》するチートスキルでした

渡琉兎（わたり りゅうと）

2024年 7月30日初版発行

編集－彦坂啓介・今井太一・宮田可南子
編集長－太田鉄平
発行者－梶本雄介
発行所－株式会社アルファポリス
〒150-6019 東京都渋谷区恵比寿4-20-3 恵比寿ｶﾞｰﾃﾞﾝﾌﾟﾚｲｽﾀﾜｰ19F
TEL 03-6277-1601（営業） 03-6277-1602（編集）
URL https://www.alphapolis.co.jp/
発売元－株式会社星雲社（共同出版社・流通責任出版社）
〒112-0005 東京都文京区水道1-3-30
TEL 03-3868-3275
装丁・本文イラスト－たく
装丁デザイン－AFTERGLOW
印刷－中央精版印刷株式会社

価格はカバーに表示されてあります。
落丁乱丁の場合はアルファポリスまでご連絡ください。
送料は小社負担でお取り替えします。

ISBN978-4-434-34191-5 C0093